時髦的幸福

《ELLE》乖總編的取暖相談室

盧淑芬／盧小乖——著

《ELLE》國際中文版總編輯

目次

你從來不是路人甲

親愛的，我愛你們

人生，「咻」一下就過去了

真相，那麼近，那麼遠

好友推薦

我認識的小乖就是很乖！

我看著她這麼多年，工作職位越來越高，脾氣卻真的很好很好，我才應該跟她學，遇到棘手難搞的事情，真的最多也只有皺一下眉頭而已，真的很不簡單。恭喜你的新書！乖。

——時尚教父、凱渥模特兒經紀公司創辦人　洪偉明

年輕時，認識的小乖，笑點低，屬易嗨（high）體質，粗中帶細，大夥都說小乖不乖四處跑，擔任造型的工作，出差疲憊很操，總是達成任務，她的生活象徵著努力希望幸福。

長大後，大家不常混在一起瞎聊；

近來，看到她靈巧的女兒，和當年的小乖是異曲同工的妙，看到她的幸福DNA延續，讓人覺得世界有一天會和平，買了她的新作就會明白。

——資深漫畫家、台灣科幻漫畫第一人　阿推

好同事推薦

對時尚，她一路走來，始終熱血！

文／Harper's BAZAAR 總編輯 Elaine

和小乖認識至今，應該超過二十年了吧！從一開始因為是同行，在記者會上的「淺」認識，到小乖當年擔任 Harper's BAZAAR 總編輯成了我的頂頭上司，共同為雜誌打過幾場不容易的仗，有了革命情感般的「熟」識至今，我們——總是同在時尚媒體的列車上，一起面對環境中不斷急遽變化的景象。

說真的，不論是時尚產業抑或是媒體產業（或者應該說是所有產業），面對數位時代消費者行為的急遽轉彎，心裡的惶恐與不安是絕對得碰上的，身處其中的我和小乖當然也無法倖免。只是令我佩服的是，即使已經在這個產業二十多年，小乖總是以我所沒有的豁達與正向信念，還有那無限充沛的開朗能量，來看待這個她愛得不得了的時尚圈與媒體業，毫無倦怠。甚至，當圈圈中的人事物難免在全球環境變化下出現一些不盡人意的發展時，她也總能在最短的時間內讓自己調適轉身，善解他人。這也讓我常想，小乖的骨子裡應該深深鐫刻著 I love fashion, I love my job. 的字眼吧！

其實，在這個身為媒體記者或編輯就已經很不容易的年代裡，時尚雜誌總編輯的擔子之重更是不在話下，得處理許多大大小小的繁雜事務，小從看稿子、看版面結構，大到規劃年度活動、思索自家媒體未來的發展與擴張，全都得一手掌握。而小乖不僅是《ELLE》的總編輯，更是赫斯特（Hearst）集團的全媒體總編輯，得把脈與統整《ELLE》、《Harper's BAZAAR》、《Cosmopolitan》各雜誌品牌調性方針與跨品牌之間的合作，以創造媒體集團的影響力，而這所有的一切都並不輕鬆。何況還得在這樣的重擔之下，兼顧家庭、友人與自己的身心平衡等等，我想光靠 I love my job. 的魔法應該是不夠的。保有一顆純粹質樸的心，並在看似浮華的時尚圈力守初心，是我與小乖共事以來，我所感覺到讓她持續向前的底蘊。而這些，你都可以從她的乖總編文字中，深刻感受到她真摯對人、認真工作、熱愛時尚的心情點滴；當然，還有她面對事情、處理心緒的直球對話。

小乖以她有別於《穿著 PRADA 的惡魔》電影中總編輯的溫暖行事風格，影響著我，我相信，她的文字也能影響你、溫暖你。

家人說說話

老公 **孔繁毅**

老婆在家總是小女兒的大玩偶，會陪她鬼叫陪她瘋，讓小女兒覺得媽媽好玩得不得了。即使爸拔對她做足廚師、保鑣、司機的天職，仍不敵媽媽在小女兒心中不動如山的獨佔地位。（立馬飄出酸醋味）

老婆在家也是我的開心果，總在我心情低盪時鼓勵、陪伴我。但是、但是，千萬不要以為乖總編只有正面那一面。當國事如麻的工作壓頂，她也許正在默默地承受中，一旦壓力鍋破表，一樣會噴發。我有時頗白目，沒在她快承受不住時，適時地陪伴接納她，甚至還和她起口角，自忖自己很蠢。即使是憂鬱的星期一，她還是聲聲催促我快送她到公司，看著照後鏡中那個下車後直奔公司的身影，也會為她拼命三郎的工作風格心疼。做丈夫以及做女兒的都替她感到驕傲，乖總編加油！We have your back!

大女兒 **謙謙**

我的媽媽很奇怪。

她的頭髮越剪越短，我小時候，媽媽的頭髮及肩，現在她頭髮的長度不超過耳朵，出席我的家長會時，總是吸引很多同學的注意。「你媽好酷。」她們都這樣告訴我。只是，她有些行為實在讓我很難理解，例如，因為懶得去房間拿眼鏡，所以戴著有度數的墨鏡坐在沙發上看電視。

真實的總編輯跟電影並不同，但我的媽媽跟其他人的媽媽應該也沒有很大的差異吧。她也喜歡窩在家裡追劇，吃公館路邊賣的魷魚羹麵，一衝進三十九元商店就開始掃貨，裝滿一整個籃子。時尚雜誌總編輯最喜歡穿的不是高跟鞋跟套裝，而是帆布鞋或夾腳拖，再配上方便的連身裙。

她的奇怪沒有讓我崩潰，反而覺得很好笑。

小女兒 **樂樂**

「幫媽媽的新書寫兩百字，好不好？」

「不要！」

「那幾句話就好。」

「不要！」

但後來她拿了本故事書給我看，書名是——《決定了！你就是我的媽媽》。

自序

有一種相信叫做「心很想，事會成」

真心覺得自己實在幸運到令人討厭！

「心想事成」對我來說，常不只是一個許願的詞而已；從小開始，許多念頭一起，身邊竟然就會有人化身天使，讓它變成動詞，幫助我實現願望。這本書之所以誕生，可能也要歸功冥冥中被我的念力吸引的執行編輯愛力，跟青春好友總編輯——茵茵。

不是文字人的人，竟然有天可以出一本文字書，雖然是我的願望，但我其實一直是把它當作「妄想」。

從用一生懸念的堅決考上實踐大學，念了服裝設計，然後發現自己擅長的不是設計；後來又因為實習的機會轉了跑道，變成國內第一代國際時尚雜誌的時裝編輯……一路上實在遇到了太多貴人，但成為「時尚雜誌總編輯」這件事，卻完全不曾在我自己的願望清單裡過，因為我沒有在學校受過任何正統的編輯訓練，就只是個熱愛時裝、喜歡讀時尚雜誌到不行的熱情讀者而已，更別說什麼「穿著PRADA的惡魔」了。

帶著我往前衝的，應該是「後悔比失敗更痛苦」的心態，所以，我從不怕挑戰自己沒做過的事，總想著「盡力玩一次，才不會後悔」。儘管我是個擅長視覺大過文字的人，最後，還是用豐富的「讀者經驗」戰勝了這個職位。

而這本書也是我從讀者經驗得來的。我常常覺得很多總編輯在雜誌很前面的「編輯手記」版面裡，老是重複談著後面篇幅出現的主題或人物採訪有多偉大……，這些，我往下翻就會讀到了啊，用得著重複講嗎？而且，有很多專題是編輯負責企劃執行的，他們的心得要比總編輯更深切多了。因此，總編輯哪裡有需要再一直「跳針」地重複講，所以，我就任性地把它當成自己的專欄寫了。

我常常寫著那個月自己在編輯工作、在生活裡的心情，一開始只感覺自己很自在地對著一個黑洞自言自語，還好一直沒有上司來指責我，沒想到後來反而常收到讀者回信，說她們在文章裡感覺到了什麼，說她們看完的心情。我這才慢慢察覺了這個頁面的力量，於是才敢有出書的「妄

想」。

乖總編是乖，沒錯；至今五十歲的人生，都是用「相信」堆築起來的。我相信，任何一個包含了好意念的行動都會得到祝福，然而再偉大、再有能力的人也會有煩惱、有恐懼——有時，表面看似好運的權力、金錢，裡面其實包含著考驗；而看似挫折、失敗的不幸，裡面則有讓自己未來更美好的啟示。

我們的眼睛通常無法一眼看出絕對的美好，所以，常常心情不好。這時候，把你的眼神移向天空的方向吧！讓視線離開自己，看向更遠處，試著別只想自己的沮喪跟痛苦，而光是這麼做就會很有幫助。在這個世界上，一定還有人正承受著痛苦，自己並不孤單。

最後，我想要把我的幸運分享給「知風草協會」，這是我的實踐學姊楊蔚齡獨力成立的慈善單位，致力於幫助柬埔寨貧困地區的孩子有乾淨的水喝，有學校可以受教育，給他們耕耘自己未來的能力。全額的版稅，我都會交給協會，希望能幫助更多孩子。

最後的最後，乖總編也要謝謝翻開書的你，這一切，都讓我感覺非常幸福。

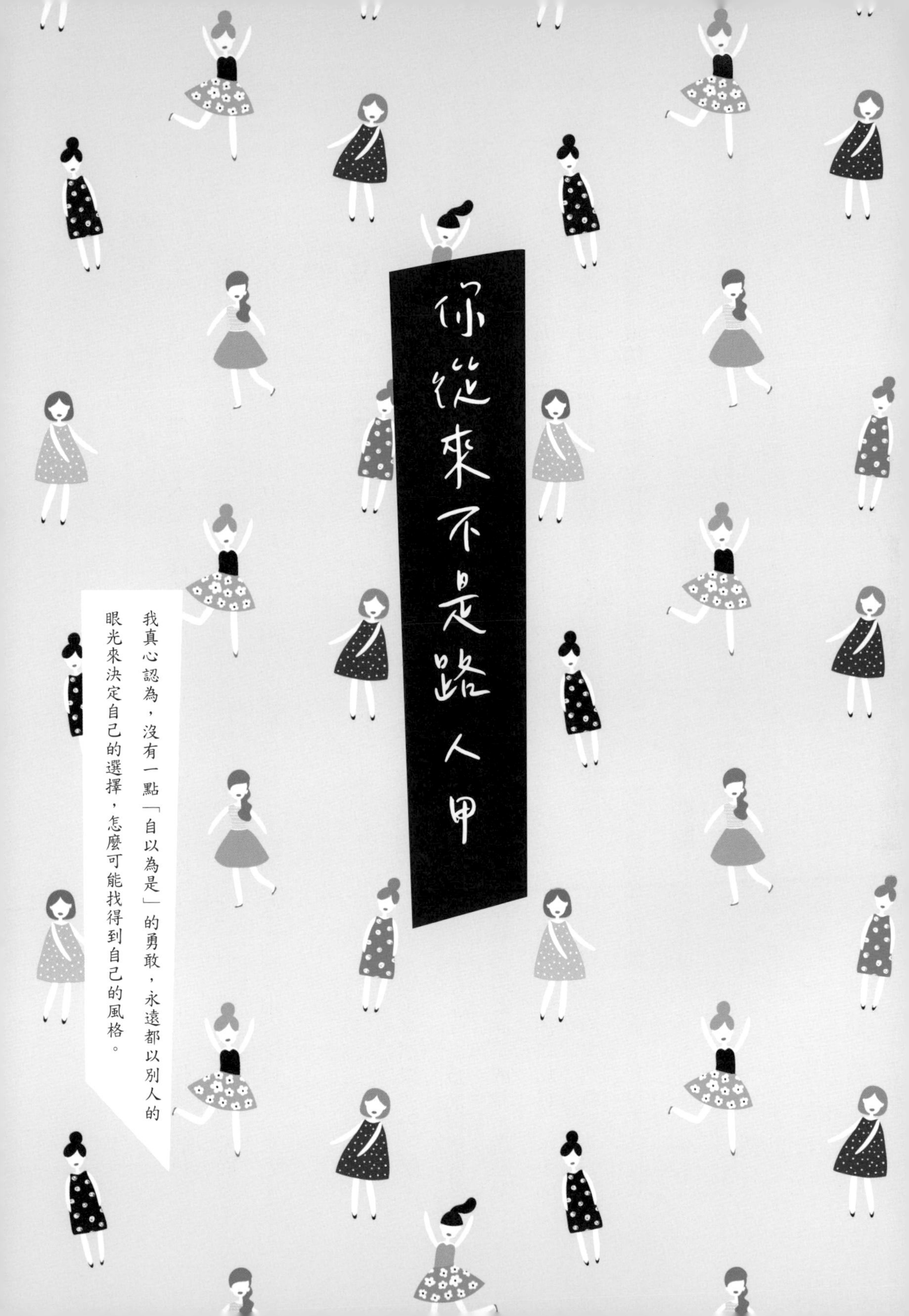

你從來不是路人甲

我真心認為，沒有一點「自以為是」的勇敢，永遠都以別人的眼光來決定自己的選擇，怎麼可能找得到自己的風格。

春天・說笑天

WHY SO SERIOUS？

我本來也是想搞笑的！但是沒了自然發生的情境，竟然一點也不好笑，也笑不出來。特別是，當有人對我說，她每個月翻開《ELLE》，一定會看〈總編的話〉，現在，我的心情竟突然變成好像被老師指定上演講臺，參加演講比賽的小孩。本來，在臺下話多到差點被老師丟粉筆的我，現在竟緊張到像站在臺上說不出話來。

記得，曾經有個一起工作過幾年的同事說我：「你很怪耶！怎麼總是能在場面尷尬時說出好笑的話，讓在場的人覺得幹嘛那麼嚴肅。」我這樣講，你大概不懂我在說什麼。其實，我也不知道我同事說的是哪一次，當時又是怎樣的狀況？但，「不喜歡太嚴肅看待嚴肅的事情」確實是我的個性；話說，這跟我小學二年級的一次班際「說故事比賽」有關係。

不知道老師是不是覺得我話多到讓她頭痛，於是乾脆派我上臺去「說話」？比賽過程中，我腦子一片空白，但是嘴巴完全沒打結吃螺絲，最後宣布成績，我得了全年級第二名。我開心地以跑跳步回家，期待告訴阿嬤、爸爸、媽媽、哥哥、姊姊（我是老么，全家最小的）——我得到了第二名，心裡想著她們一定會大大稱讚我，說「我很厲害，簡直是天才」之類的話。沒想到——是有啦，阿嬤說我很棒；媽媽則問我怎麼會被派去比賽？我還來不及回答，她就接著邊笑邊說：「大概是因為你平常太愛講話了。」然後，掃興的大哥還問：「你居然沒有拿到第一名？大概是因為你掉了一顆門牙，講話漏風！」我氣得回答他：「哪有，那個第一名，兩顆門牙都掉了！」他竟然接著說：「啊……那我知道了，你輸第一名一顆門牙，所以才沒拿到第一名的。哈……」

以上，就是我人生第一次得到名次時，家人的真實反應。我想，我會凡事盡量不要想得太嚴肅，就是因為我家族裡深刻的「無厘頭邏輯」。長大後回想，得獎真的也沒什麼大不了。現在，自己甚至有機會當比賽評審，更覺得比賽真是要靠點運氣，因為光是評審的組合就可能左右比賽結果，但，這不就是人生嗎？哪來的「真正公平」？把事情看得太嚴肅，任由得失心讓自己痛苦，那才是輸了呢，不是嗎？

昨天在接女兒回家的路上，她說：「媽媽，問你一個冷笑話。巧克力跟蘋果比賽，結果巧克力贏了。那，巧克力會變成什麼呢？」我想不出來。她大笑說：「巧克力『棒』啊！那，蘋果呢？」天啊，我還是不知道。她接著說：「蘋果酥（輸）呀！」然後，我就被這個冷笑話逼得笑出來了。而不論是巧克力棒還是蘋果酥都好，好吃就好——這就是輸贏的真諦（我是認真的）。

你不同意我說的，沒關係。但如果你覺得不好笑，就請打電話給都敏俊教授，請外星人來把我抓走吧！哈。

上個禮拜，一個年輕女孩問我：「總編，你的事業是怎樣走到現在這一步的呢？」在我被這個嚴肅的問題嚇到、還沒開口以前，心裡的潛臺詞是「天曉得」。我回答她：「其實，我完全沒有多想；當你問我時，一回神，我已經在這裡了。」事業成就地位……很重要嗎？那是你覺得我擁有，但，我真的有嗎？其實，我常覺得人生不過是為了哈哈大笑而已。可以一邊辛苦努力地工作，一邊讓自己開心地笑，這不就是工作的最完美境界嗎？如果情況是相反的，我會頭也不回地轉身走開。

我不禁想到，在近來反常的氣候變化裡，所有人幾乎無不反射性地談論起「環保」相關議題，但，在談綠建築、節能減碳……之前，先環保一下我們最寶貝的心吧！笑一笑，拋開無謂苦惱；相信我，再偉大的成就，都比不上你的開心一笑。

你最重要

前幾天，去為一個「熟齡聚會」做了一個簡短的分享——是由跟我一起從青春準備邁入熟齡的好姊妹所主辦的活動。

其實，一直到演講的十分鐘前，坐在臺下的我仍然很緊張，因為要把時尚跟熟齡這件事一起談，不是不行，而是我不確定對熟齡的人來說，時尚到底重不重要？光看大自己九歲的大姊，有我這樣一個在時尚雜誌工作（「搞東搞西」、「一下紐約一下巴黎」）的妹妹，她卻樸素得只在自己兒子的婚禮上才穿高跟鞋。而大自己十二歲的大哥，更是一年到頭不論場合只穿藍色西裝褲。

環視了一下臺下的觀眾，我突然來了個靈感。自從我念了服裝設計系，開始盡情享受穿衣打扮的樂趣時，大哥最喜歡說的話就是：「你穿這樣也敢出門？」我心情好時，就回答：「你不懂！嘻嘻……」如果我心情不好，就更沒禮貌了：「哎唷，你不懂啦！」那是個連臺北都下了雪的寒流天，我穿了一雙內裡鋪滿皮草的厚底木屐鞋；一件藍色大衣，口袋有皮草，領子也有皮草，再加上一頂

自以為是的風格

「爸爸，你老了，你不懂啦！」前陣子，在一個聚會上，有個身為水瓶座國中女生爸爸的朋友感嘆地說起，和女兒散步時聊到她跟同學之間的事，他這個做爸爸的不過以大人的角度說了一句，女兒卻毫不領情地回他這句，著實刺痛了他的心。表面上聽起來，好像只是一種「不服老」的懊惱，但事實上被寶貝女兒劃出「國境」這件事，才是爸爸的真正痛點。

我趕緊用開玩笑的口吻，以同為水瓶座女孩的身分向這位爸爸朋友致歉：「我懂我懂！因為對小小水瓶座來說，建立自己的小世界好重要，她需要找自己，找認同，找相信，找可以信奉為目標的力量……。當一切都還不確定，她很難接受被否定，所以就回答『哎呀，你不懂啦！』這句話，在我十幾二十歲時，對著爸爸哥哥姊姊媽媽，大概講了也有上萬次。現在回想起來，還真令人討厭，呵呵！」

當然，這位爸爸朋友並沒有破涕為笑。但我很有信心，等女孩長大些，等她找到自己的答案，就又會變回爸爸眼裡的小可愛了；我不好意思跟他說，因為我這個「討厭鬼」就是這樣。

而其實，所謂「風格」也就是這麼一回事。各式各樣的潮流報導，透過媒體甚至專家或各種社群紅人的放送，我們很容易就被臉書、Instagram 上的潮流訊息淹沒，然後跟著隨波逐流。而喜歡時尚的你到底要信誰？當然是你自己。只有活出自己的你，才是真正的獨一無二。

前段時間，「ELLE風格人物大賞」有網路素材的需求，需要我回答幾個問題，其中一題是：「請問，風格對你而言是什麼？」我忍不住想起自己十幾二十歲時，跟只穿藍色西裝褲的大哥之間，經常出現的「討厭鬼式」對話。「你……穿這個是什麼衣服啊！」「哎呀，你不懂啦！」然後，我一邊大笑一邊回答同事：「風格，對我，大概就是一種『自以為是』吧！」

我真心認為，如果沒有一點「自以為是」的勇敢，永遠都以別人的眼光來決定自己的選擇，怎麼可能找得到自己的風格。

前陣子，同事在我桌上放了許芳宜寫的書《我心我行．Salute》。

對自己永遠勇敢誠實、對生命永遠充滿熱情的芳宜，一直是我的風格偶像。沒有人的人生能少掉挫折、迷惑……，但她出於對舞蹈的熱愛，已經練就一身面對挑戰的智慧。她說，何不把痛苦當作一種福氣，若不是因為這一踢，你怎知道自己能飛多高；這種明確的正向能量，就是她的風格。

在書裡某一段，她還可愛地寫著：「如果集滿十點可以換一杯咖啡，集滿十五點可以換冰淇淋，那……集滿二十年的生命熱情可以換什麼？……換我一個無法複製的人生吧。」

而我近三十年的編輯熱血人生又可以換什麼呢？我「自以為是」地希望，可以為讀著《ELLE》雜誌、讀著我文章的你，多創造出五分鐘的輕鬆與快樂。我的願望比較小，希望它能真的達成。

純粹的力量

關於ＡＢ型。很多人一聽到這個血型，通常都會說：「難搞喔，可怕！」而我剛好就是；至於難不難搞，旁人才能評斷。

但我從小就知道自己的腦子常常「內心戲」太多，多到甚至曾因為自己媽媽當著鄰居媽媽的面罵我（她覺得我該大方地把玩具送給鄰居小孩），腦袋就立刻超連結到她經常跟朋友聊到「做生意忙死了，幹嘛還要多一個小孩（我）」，讓我覺得我這個排行老五的女生，根本是多出來的……所以，當時我常覺得自己應該是撿來的，甚至還想過離家出走，要去找我親生媽媽。

在高中時代，死黨們一個個都交了男友，只有我是被「乾哥哥」照顧，他甚至帶著自己的女友來參加我的畢業典禮；我那從小就被我懷疑不是親媽的親媽，因為出國玩，太忙了，沒來！於是，大我兩歲的乾哥哥成了我唯一的家長代表。那時我堅定地認為，自己這輩子應該就是個愛情絕緣體，即便遇到說喜歡我的人，也覺得那應該只是他的錯覺，我不可能會被喜歡；總之，想法能多負面，就有多負面。

突然有一天，我覺得自己這樣活真的太累了——過多的胡思亂想，只會讓事情更綑綁住自己，毫無助益。不知打哪來的決心，我便決定要把AB型被賦予的可怕性格暗示放下，試著直率一點地重新活過。說也奇怪，從那時開始，很少有人能猜對我正確的血型了；同時，我也發現老媽是真的愛我，她支持我去做所有我喜歡的事。至於，那個時候，她之所以覺得我該把玩具給鄰居，是因為她本身就是個樂意大方分享的人，她的人生觀是「慷慨的人更有福」；而不參加我的畢業典禮，是因為她覺得能畢業比較重要，典禮只是形式，她五個小孩的無數次畢業典禮，她一個、一次也沒去過。也是到那時我才知道，原來老媽的血型是多愁善感的A型，但她從來不愛這套！

所以，我更確定了性格原來不是天生的，它其實可以隨著你的心走，隨著你的期待去改變。

「性格即命運」這句話確實很容易印證——因為什麼樣的個性，就會有那樣的反應、那樣的行事，然後便造就了我們的命運道路；若懂得了性格其實可以改造，那命運也就可以改變。這不是什麼玄妙的事，而媽媽真的是女兒的鏡子。

最近，迷上讀村上春樹的類自傳隨筆《身為職業小說家》。

腦子裡能產生出情節，還能用文字去構築出一個立體世界，讓情節透過角色在環境裡自然演出，讓讀的人可以感覺到一點什麼……對於這種說故事的能力，我一直都非常佩服與著迷。

村上先生描述，有一次，在棒球場外野的草坪上，他正舒服地喝著啤酒。突然，場上的球員擊出了一支安打，球棒敲擊到球時，那聲響異常清脆。而完全沒有脈絡可循的，他突然有了「對了，說不定我也可以寫小說」這樣的想法，好像有什麼東西從天上慢慢掉下來，剛好落在他的掌心。像是「瞬間靈感頓悟」的感覺，一直停在至今仍不斷創作的他的心裡——沒有其他目的，只是想寫小說！

這與前面一直在說的「性格」無關，但那種發自內心的純粹心情，卻是相同的。我一直相信、也見過太多，只要能把堅持「純粹」的動機不斷地做下去，最終一定會以某種形式成功。有時，不是金錢或地位的成功，而是意義上的；而這，不也正是多數的我們最在乎的嗎？

感謝地球上有媽媽跟小說家的存在，讓做女兒的有了定調人生的力量；尤其是小說家，更讓世界有了奇想的可能。

資深的進擊

「不要怕老。俗話說，什麼都別怕，只有畏懼本身最可怕。」翻看著出版社寄來的書《如何當個巴黎女人：愛情、風格與壞習慣》，這是剛抄下的打動我心的金句之一。

說真的，我是不太怕老的，長皺紋、膠原蛋白流失……都沒關係；因為怕表情不自然，甚至連打肉毒桿菌都還沒試過。但，我卻很怕自己的心跟腦會老，會跟不上時代。因為二十一世紀是個「平坦」的時代，即使自己已經在時尚媒體領域中用了二十多年時間登上「資深」的高峰，但這座「資歷高山」在面對如浪潮般襲來的數位化趨勢時，卻非絕對的優勢，甚至可能變成包袱。

你想，現在一二十歲的年輕人是在數位時代出生、成熟的，網路就是他們生活裡的一切——用手機看新聞，不需要報紙；用手機訂電影票，不用去電影院排隊；上網買衛生紙、礦泉水，不用去超市；想買新衣服，就半夜一邊看影集一邊滑服裝網站；用通訊軟體打字筆談，不需要講電話……。

而我本人是從記者都還在用稿紙寫稿、用底片沖印出照片的時代，進到時尚雜誌工作的。對現在的年輕人來說，那是「石器時代」吧！所以，如果我告訴你，自己曾經一度對媒體在數位時代的轉型感到非常徬徨無助。你應該也就沒什麼好意外的了。

曾經以為包袱好重，但原來要丟掉它，也只是一念之間。

還記得那年春天，我跟國內「資深」策展人陸蓉芝老師一起去巴黎拍攝香奈兒工坊影片。已經六十多歲的她，拖著不久前扭傷的腳，完全配合整個旋風式的拍攝行程，絲毫沒有因著資歷跟地位提出任何額外要求，讓身為後輩的我們一直很不好意思。當我們擔心她的腳傷似乎變得更嚴重時，她反而安慰我們：「沒問題。你們讓我有機會來工坊開眼界，我感激都來不及了，花了這麼多錢跟人力，你們的壓力都比我大。」

然後，我們聊起了「資深」這件事。「這幾年，我陸陸續續在中國、歐洲嘗試策劃一些新的project，我一直當自己是『新人』。」「老師，你這麼資深……新人？怎麼可能？」「你想，就是因為這麼資深，而別人還願意給我新的機會去嘗試，就應該更戰戰兢兢地像個新人一樣虛心學習。我一定會跟工作人員說，如果覺得有不夠好的地方，千萬要告訴我，我會努力調整。這樣，自己就會再進步，這樣不是很棒嗎？」當時聽了，內心感到很震撼，覺得陸老師竟然這麼輕鬆就推倒了在藝術圈四十年的資歷高山，而我不過二十多年的雜誌編輯經歷，相較於老師，連給自己十秒鐘去夷平它都嫌多。

在和陸老師有這段對話之前，我一直努力告訴自己，因為喜歡在時尚媒體工作，所以不想放棄，所以不論如何都要咬著牙努力學習，除非我發現未來媒體的模樣已經不是我愛的，又或者發現自己真的已經不再適合這個工作……那麼，我才會甘心走開。這個過程其實很辛苦，因為原來自以為是、什麼都懂的總編輯，現在卻什麼都不會，得從零開始——不是學習辛苦，是放不下的驕傲辛苦。

但當我懂了自己本來就是「網路新鮮人」，把驕傲改成向所有人學習的心情；突然，所有不懂的事都變成了養分。老師說得對，都這麼「資深」了，還有機會可以學，不是很值得感激嗎？當你懂得感激，那麼「資深」的經歷也會變成養分。

不好意思啊，對於喜歡看我文章紓壓的好友們，我這話題好像嚴肅了。不然，馬上來補一個我跟女兒之間無厘頭、卻一刀刺中我老態的對話好了。「媽媽我要幫你按摩。」心裡正感動著從出生就難搞的小女兒終於懂得要孝順我的時候，只聽她走到我背後，看著我的後腦杓，又說了：「媽媽，你有白頭髮，我幫你拔。」我心一驚，因為不是有人說「拔一根、長三根」嗎？正準備制止她時，她又開口了：「啊，沒辦法拔，實在太多了。」

被女兒指為沒辦法處理的白髮狀況，在在顯示著我確實十分資深無誤。但我告訴自己——面對新時代，也要不斷地擊出重拳。

你呢？你屬於那個世代呢？其實沒有分別。人口老化，讓我輩中年都得工作到六十五歲才能退休，就讓我們手牽手一起努力，讓世界更好吧。到時候，我應該就能做到巴黎女人對白髮的美感定義了：「要不就整頭白髮，不然就一根也沒有。」女兒也就沒有該不該拔我白髮的煩惱了。

要快要慢，隨「心」所欲

最近正在經歷「腦內革命」，腦子經常感覺四分五裂。耳朵聽著同事講話，眼睛卻忍不住往下移，開始讀起電腦螢幕上的信件。在會議上，會忍不住一邊聽同事報告，一邊把手機滑開點開APP……，我以為耳朵跟眼睛可以同時運作，把兩件事同時完美完成嗎？當然不可能，狀況通常不是耳朵關了，就是眼睛閃神……。

我有個好同學的女兒曾被診斷出有輕微「過動」傾向。那時，我不懂所謂「過動」是什麼意思，她解釋，這種小孩精力旺盛，所有感官會同時一起打開，同時接收到周圍所有的聲音、訊息，醫生說是「進化人類」，但正因為這樣，所以沒辦法對單一的事情專心。

現在的我，也是這樣。因為媒體環境的激烈轉變，雜誌總編輯的腦子也必須跟上時代變化，我確實強迫自己隨時把所有感官打開，只是現在我還沒辦法掌握好它們。

大家開始不自覺地因為手機APP很方便，所以點它，而不去翻報紙；因為平板電腦或閱讀器很

方便，所以不用上書店，開始讀起電子書；因為有免費的網路影音平臺可用，所以睡前轉而看影集，不再看書；因為喜歡隨時跟姊妹淘分享時尚美妝訊息，所以更愛透過臉書看最新報導，因為隨時可以轉傳分享……。當所有人都不自覺地被無所不在、且變化越來越快的網路跟載具改變生活方式時，身為媒體的我（們）更得積極地知道，熱愛時尚、渴望生活過得更美好更幸福的你們需要什麼？什麼時候需要？而且，現在透過科技和網路，在過去，一些困難麻煩的溝通，也都變得簡單又快速。

儘管世界一直快速地改變，可是想念喜歡的人的那份心情不會變。我也想念我的姊妹淘。這些年下來，一直為工作、愛情拚命的她們，有人在中國，有人不停地跟著天團去世界巡迴演出，也有人換了工作，卻還是被老闆每天操到晚上十點後下班……。終於，我們找出了一個大夥都在用、都能用的通訊APP（你知道的，某些軟體有國域限制），把大家設成群組，午夜之前，我們這群姊妹淘終於通上訊息了，就在相隔了八九年之後……下週，趁著大家都在臺北，我們終於又有機會見面了，還能順便幫我們之中的獅子座朋友慶生——真是感謝科技！

當金城武在那個廣告裡說「世界越快，心則慢」的時候，大家都不停地「吐槽」。但若不是因為科技，要想順利成功地跟我的姊妹淘約見面，大概需要花一個月時間，打十幾通電話，跟好幾千塊臺幣的國際電話費。時間真的可以省下很多，只是，省下來的時間到底可不可以像金城武那樣慢活地喝上一杯好茶，還是多寫三倍分量的公司報告？這真的很微妙。

問自己，也問你的老闆，或是問你的產業，而不是問金城武。他在廣告裡帥到滿分，我至少願意為他慢下來三分鐘把廣告完整地看完。而真實世界裡的我，確實感覺自己一直跟隨著環境飆速，簡直快到腳底有觔斗雲，腳尖就要離地了。

過去我比較少在〈編者的話〉裡推薦書，但真的極推《搜尋你內心的關鍵字》這本被譽為「Google 一哥」的陳一鳴所寫的書（甚至還紅到巴黎去了）。書裡，他談到「靜觀」，試著去做，就能在活動中讓心靈休息，光是這點就夠迷人了。

書裡也談到「掌握聚焦注意力，也掌握開放注意力」。這點對我這個專注力越來越有問題的人來說，也很需要。他解釋道——以往，我們習慣訓練自己要有「聚焦」能力，要專心一意。但「開放注意力」就像敞開著大門的房子，主人笑臉迎人。欣然接受任何物體走進你的心靈跟感官，就如同陽光照亮四處那樣。不批判、也不執著於任何感受，這樣的心靈練習，能將自己的心訓練得更有彈性。

最近，我試著跟隨書裡所說的方法練習，發現自己竟可以順利地在忙碌空檔中讓心休息。過往，在忙某些工作、某些計畫時，就像戀愛時思念男友一樣，通常會無時無刻、滿腦子不停地想著「它」，食，也不知味。現在卻能控制自己的「心」，暫停它，感受天空的藍，感受綠樹隨風可愛搖擺，真正喝到手中那杯拿鐵的好味道。儘管還沒有到很純熟的地步，卻已夠驚奇了——原來，「心」真的可以訓練。

科技確實改變了我們的世界，卻不該讓人的心跟生活失控。

專欄

時髦跟價錢無關！

這幾年，「快時尚」（Fast fashion）風潮興起，而且很受喜愛。

快時尚，不只字面上的靈感來自「速食」（Fast food），連生產、消費的概念也非常類似。維基百科給「快時尚」的定義是——在很短的時間內生產並上市，以低廉的價格銷售新潮的服飾。消費者買的是流行與衝動，非全然的必要性。所以，有些人把「穿過即丟」想作「快時尚」裡的理所當然。

用買精品的心情，買快時尚

因為便宜，所以質感當然不能跟昂貴的精品時裝相比，很多人確實也穿穿就丟，造成了資源浪費……於是，有些人開始用「負面」的角度來討論這個現象，快時尚，好像變成了製造環境污染的幫兇。

但我其實不這麼認為，我沒有要跟環保人士

唱反調的意思。只是覺得，錯並不在這些價錢便宜的衣服、鞋包單品上，問題是出在擁有它的人的心態，以及使用它們的方式。

我喜歡 UNIQLO、ZARA……，也很常買「快時尚」的平價單品。雖然價錢買起來讓心裡沒有太大的負擔，但是我總是用跟買精品一樣的心情挑選，穿得到、好搭配的才入手。一些好穿搭的基本款，像是絲絨寬襬長褲，我就可以一次把黑、藍、紅三件喜歡的顏色都買齊。有次，還買到一件與國際設計大師聯名的白色風衣，看到的時候只剩一件，而且還是最後降價，不到台幣一千塊。但每穿幾次覺得該洗了，我一定送乾洗，絕不手軟，到現在累積下來的乾洗費，已經都超過當初買到它的價錢了。

用快時尚，穿出你的時髦

我常覺得，要穿得時髦，其實不一定要總是花大錢。不論貴或便宜，只要它適合你，你懂得怎麼穿搭它，就可以非常時髦好看。而好看的單品，一定要好好珍惜，維持保養它的最佳狀態，它就能一直為你創造時髦模樣。

若把衣服、鞋包當成「衛生紙般」的使用習慣，那，乖總編就真的覺得你對不起地球了！

彩色的熱血夢想

前段時間過於緊繃忙碌，腦子像拉緊太久的橡皮筋，一放掉後，經常一片空白。別說安慰身邊心情不好的人，根本常常連自己的情緒都整理不好。雖然，沒有易怒，也沒不耐……但，就是感覺腦子裡有一大塊愉快彩色的部分被磨掉了。

直到昨天，趁著中午午餐時間去看了老同事Doris的陶藝展。先是她笑咪咪的臉就已經療癒我了。十年前，她還是《ELLE Girl》的總編輯，歷經十年的累積，現在她已成為一名風格優雅的陶藝家，也是備受學生尊敬喜愛的陶藝老師，展開了她清清晰晰的第二人生。她說：「我已經五十二歲了，人生活到八十歲的話，也沒剩多久了，所以現在想做的事我就盡快去做，不讓自己想太多。呵呵！」她還說起她的下一個夢想在巴黎，她想到當初學設計的城市辦展覽。「但沒那麼容易，我要努力，呵呵。」說到這裡，她還是笑嘻嘻的。

忍著肚子餓，我又衝了另外一個時裝靜態展——ARLNATA。是我實踐服裝設計系的小小學妹千慈（說「小小」，是因為年紀差我太多太多了），跟日本老公寺西俊輔一起創立的品牌。

這對年輕的臺日夫婦其實是在義大利相識的，分別曾在米蘭、巴黎頗具規模的國際時裝品牌工作，擅長版型創作的先生移居回日本創業前，最後一份工作是在愛馬仕（HERMES）——這應該已經是多數有時尚夢的人最終極的夢想了，可是因為一次的巴黎布料展，他們看到了日本

的手工和服布料，為其細膩的細節跟堅持的工藝驚豔不已，便決心回日本創立以手工和服為基礎的精品時裝系列。

你能想像工匠會先把手工絲線織上機臺，再把要成為圖案的絲線部分用棉線擰緊，以防止圖案部分的絲線染到色，再反覆做二十多次的泥染（世界僅有），之後再拆掉棉線；這樣一來，染色完成的絲線上面，等於已經有了精

密計算的圖案安排，等絲線晾乾後再織，就能呈現出細膩的高雅圖案。這種已經有一千三百年歷史的「本場大島紬」，甚至得到了世界文化遺產的認可殊榮；然而如今工匠垂垂老矣，在和服不再時興的現代，雖貴為文化遺產，一樣面臨危機。而他們夫婦倆則把這些至少得等待半年、甚至一年只能做出兩捲的珍貴布料，透過版型的精巧運用，做出了最少的浪費、最多的展現；再延請受到京都針線首獎肯定的手工縫製師傅，用他完美的針腳去完成這些珍貴布料的縫製……這個品牌服飾的精采程度，完全不輸以工藝著稱的愛馬仕，實在令人讚嘆！

我看著千慈，她一邊跟我解釋著，瘦累的臉上依然眼神發光，她說希望未來也有機會讓自己的品牌連結起臺灣的工藝，而且現在已經開始做一點點實驗了。我感覺自己腦子裡那塊被磨掉的彩色部分，慢慢又亮起了顏色。

「媽媽，你有沒有認識人，是很開心地做著自己喜歡的工作的？」「有啊，盧淑芬阿姨。」我，竟然是我高中死黨給她初入職場女兒的回答——孩子們正在找自己人生的答案。而我對我工作的熱愛，是來自於我總能第一手聽到這麼多飽含著熱切夢想的堅持故事，而且有機會說給你們聽——很幸福。

生而為根

「做生意只是為了賺錢嗎？我覺得留下什麼才是重點。我得到了很多感情，我也許培養了人才。我做我應該做的選擇，所以才會辛苦。」「最重要的不是增加營業額、讓公司不斷壯大，而是能夠繼續維持現狀。」

這幾句話一直在我心裡迴響，自從聽完松場登美女士坦誠分享，與先生回到故鄉日本大森這處鄉下創立了「群言堂」的故事以後。從零開始，活化大森町這座四百人的小鎮，成功將鄉村價值行銷至全日本，這個故事不僅得到日本文部科學省文化廳的肯定，還受到NHK、Discovery Japan等許多媒體頻道的報導。如今，「群言堂」已經發展了三十年了。

在演講一開始，她就以日本人與人初次見面時極少見的直白，說：「很慚愧，做這個事業三十年，還是一樣深深被錢所困，很沉重。可是就是一步一步走，上天自然會讓一切有意義。」她就是這樣一邊煩惱著，一邊繼續工作；她付出愛，也得到很多愛。

登美女士，是一位以母親的胸懷在經營事業的老闆；也是我唯一聽過，會為了不適任的痛苦員工，創造一個新部門的老闆。

三浦編輯長就是這樣令人頭痛的一位同事。他沒辦法賣東西，也沒辦法製作出東西，讓他一直在咖啡廳洗杯子也不是辦法。最後，登美女士想起他的應徵信寫得不錯，於是鼓勵他寫作。沒想到，他後來竟提議想編刊物（這份報紙於是以《三浦編輯長》為名），其實完全就是以自己在大森體驗到的季節跟生活為靈感，甚至還會把自己吃鰻魚的感受變成一篇文章，還定期去當地電臺上節目談生活，更想不到後來竟成功吸引了數萬名讀者，讓數百人熱烈投稿……就這麼成為了群言堂最棒的會員經營。

登美所說「創辦事業不一定只是為了賺更多的錢，可能反而有其他的東西會留下」，應該就是這樣吧。

「人，才是最重要的。」這與資本主義思維底下的公司經營價值觀，幾乎是完全相反的。

登美的先生大吉，他錄取人的標準也很有趣：「我會選看起來一臉寂寞的人。」這真的是太奇怪了吧？一般的公司多半會選擇有活力、能力強，可以馬上工作、有所貢獻的人，但大吉的理由是：「反正，有能力的人一定有其他地方可去，不必非要來我們公司。」

「夫妻創業會很困難嗎？你是如何渡過最困難的時期的？」聽到這兒，演講現場開始有人問起

很實際的問題。

「我跟先生的個性不同，經常爭吵，但我們很了解彼此，就像雖然登山口不同，可是目標是一致的。老實說，我也有很多家庭責任，所以不能全心投入工作，但我沒有放棄任何一項——我一定堅持做自己喜歡的事。但就像我剛剛說的，我喜歡我的工作，分不清楚到底在玩，還是在工作？我想要回饋社會。

「在度過最痛苦的時期時，辛苦的事非常多，我經常沒辦法好好吃飯，而我先生則是樂天派。他常跟我說，越苦時，越是要笑，上天自有安排。先生甚至跟我說，沒有好好吃飯，又怎麼能好好解決問題。」

演講最後，已經六十九歲的登美說：「我期許自己有『根』的精神——眼睛看不到，卻能努力吸收養分，支撐著枝幹。在過去的歲月裡有很多失敗，但那都只是預演，此刻才是真正的開始。」嗯，我也要勉勵自己……聽完這席演講，感觸太多，難以一語道盡。

來到丹麥

前些日子，我第一次來到了丹麥。早上七點多下飛機後，就直奔飯店準備入住，櫃檯的服務人員查了房間，說因為還太早，可能要再一兩個小時等房間空出來、打掃完，才能安排我們入住；於是，請我們先去吃早餐的空間，輕鬆喝杯咖啡等候——態度很和善、平等，沒有亞洲式「以客為尊」、總讓人感覺做錯了事的那種卑微客氣，也沒有某些歐洲城市的人，一看到東方面孔就覺得你是來找麻煩的那種鄙視態度；總之，就是很恰當，像是招待自己平輩朋友那般恰當得剛剛好的親密，讓人感覺很奇妙。

原來，那種來自職位、財富、地位的驕傲跟分別心，在丹麥真的很淡薄。報導上說丹麥是個沒有階級感的國家，真的是這樣。「在多數丹麥人的心裡，都認為自己與皇室是平等的存在，所以在丹麥的公司，能得到什麼樣的尊重，差別來自個人的專業程度如何，跟階級毫無關係。」跟當地人閒聊起時，他們這樣說。

而這趟旅程，主要是要去喬治傑生（Georg Jensen）這個丹麥百年銀雕品牌的起源地，他們公司的執行長也跟我們一樣站在路邊等待接駁巴士，準備一起前往重點新品的發表會場——沒有任何人有差別待遇。這種沒有尊卑之分的氛圍，讓人感覺輕鬆。

為紀念已故設計師漢寧．古柏（Henning Koppel）百歲冥誕，而發表面世的編號「1041」這件作品（過去一直是份躺在檔案室、未能實現的草稿），在發表會現場，揭幕的是古柏的女兒Hannah，以及親手一錘錘打造出這件銀器的工匠。

當時，我真的很感動，不只因為看到Hannah眼睛裡含著實現了父親創意及想念的眼淚，也因為丹麥文化裡對每個人、每個角色的看重。

隔天，我走出飯店房間時，剛好在門口遇到負責清掃的丹麥女孩，她們自信地打著招呼的樣子，又再次給了我一樣的感覺——在這裡，每個人都尊重自己的工作，全力以赴，同時也被所有人尊重著，這簡直是「理想國」的狀態了！

佛家說，我們該感謝成就我們每天生活的人……清道夫、公車司機、餐廳廚師等等，雖然他們做的是有報酬的工作，但確實也付出了他們人生中的珍貴時間來為我們服務。因他們而得到便利的我們，怎麼能不感激。只是，在台灣的生活裡，也許有一部分的人心裡確實這麼想，但卻不是每個工作角色都能感受到他們應得的尊重。而在丹麥，這卻已是最基本的生活價值觀，因為在這個國度工作真的不分貴賤。

當天下午我們來到Hannah位在海邊的家，她像個溫柔的老媽媽招呼著我們。最後聊到給新世代的建議，我很喜歡她的回答：「Think Big。因為這句話可用在非常多事情上，我覺得我父親永遠都在think big，對於創作他從不妥協，也不受任何限制，唯有這樣你才能走出自己的框架，去做更大的事！」

看著窗外的海，確實沒有邊界，也許我們那經常被現實綑綁的思維也該這樣，試著沒有邊界地去乘風破浪，也許在海的另一頭，真的有一個新世界。

一勝九敗

我承認，這是我的私心！

上個月開始，雜誌裡的〈ELLE Women's club〉有了很大的調整，這個單元原來不是談工作，就是談理財，但這些「教戰手則」說來說去，終歸還是要看人人會不會去執行，不然一樣不痛不癢。於是，我們決定把內容改成每個月邀請一位「大女人」來說說她們的故事，我也因此能坐在「娛樂圈大姊大」邱瓈寬跟「TVBS大主播」方念華面前，親自聽到她們還未經文章梳理剪裁的原版訪談——實在太過癮！

「你聽過『薛西佛斯的神話』嗎？被眾神懲罰的他，每天從山腳下把巨石推上山頭時，石頭又會自動滑回山腳，一切看似終究徒勞無功，他卻依然沒有怨言地選擇正面去面對，日復一日繼續著自己的使命。」這個神話安慰了寬姊所歷經的電影票房失利、經濟上也失去一切的最低潮時期，但，她終究沒有離開。

寬姊深有感觸地說起這種堅持：「與其說是熱情，不如說是相信。在娛樂圈的工作，對我來說是一種天職。我曾經非常挫折，現在我懂了，就像薛西佛斯不斷反覆地去推石頭，在每天重複的生活裡去了解，沒有什麼事情可以一次就到位成功。」是啊，我們在做任何一件事時，沒有不期待一次就成功的。

小學時代，老師就教過「失敗為成功之母」，要我們在每一次的失敗中學習，讓自己越做越好，最終能夠成功。但其實在學到教訓之前，還得先學會怎麼跨過不被「失敗」擊垮的這個難關，跨過了，再繼續，才可能學到點什麼。

而一個月後見到方念華時，跟她聊了採訪工作，她竟也剛好談起採訪優衣庫（UNIQLO）社長柳井正時，他所談到的「一勝九敗」（不怕失敗，保持樂觀，繼續嘗試的哲學）讓她感受很深刻。特別是在競爭非常激烈的新聞工作中，收視率甚至是以每十五分鐘為單位去跟所有競爭者比較，並且要與團隊嚴正地檢討。這樣高壓的新聞環境，把人逼到「甲狀腺機能亢進」的毛病，在她的同仁之間甚至司空見慣。

確實，壓力，對於多數工作者應該都是無可避免的一種存在。但在近三十年的工作生涯裡，我其實也常常在想，壓力，是逼迫我們進步的動力。但倒底怎麼拿捏，壓力才能恰當地存在，而不會傷到自己，甚至傷到團隊。

而開始有這樣的思考，是在我仍擔任時尚編輯的那個階段。當時，我自己身兼服裝大片的企劃者兼領隊，帶著攝影師、模特兒、化妝師、髮型師等人飛到中國邊疆拍攝雜誌單元。我得打點大家的吃喝拉撒，還要管好行程和預算，等大家都睡了，自己再繼續整理當天拍完照的衣服，準備隔天的拍攝內容——已經是完全「燃燒」的狀態。當時只想著，辛苦沒關係，只要能做出好作品，一切都值得。沒想到，天氣不配合，一路勉強拍完該拍的服裝套數之後，所有人歡呼收工，我心裡卻有點落寞。突然，攝影師大叫：「天啊，我一直等不到的景，終於出現了！」我一聽，立刻要求妝髮師幫模特兒恢復原本已經拆掉的髮型，補上已經花掉的妝，重新在路邊弄了快一個小時，讓她們換上衣服，再下去補鏡頭。

當時，我被自己「求完美」的壓力沖昏了頭，完全沒有想到其他人的心情；更糟的是，沒有仔細衡量所有條件是否真的值得花這麼大力氣再補拍。果然，補完妝，光線已經弱了，最後勉強補拍的照片根本沒辦法用。而對於任性又衝動的我，讓那位髮型師再也不想跟我合作。

我們常誤以為「盡一百分力氣，才可以得到一百分的結果」，然而完美主義者更可怕，因為擔心沒辦法得到一百分的結果，所以就盡一百二十分的力氣。但近三十年職場生涯帶來的體悟是，我發現，用了一百二十分力氣的人，最後能得到的結果往往只有八十分——因為繃得太緊了，所以狀況更難控制。反倒是懂得拿捏，用力用到九十五分而能留點餘裕的人，比較容易得到最接近滿分的結果。

呵呵，這些話，聽起來像不像在給自己藉口？真的啦，你若是個自我要求高的人，壓力，真的要妙用——告訴自己，一次失敗沒什麼，想想「一勝九敗」，你還有八次機會。

懷疑人生個人小組

前段時間，有個上過我一學期課的學生來找我碰面，她腦筋靈活又可愛認真，一直很有想法，我很喜歡跟她聊天。

「我有個研究所同學，外型、能力都很出色，畢業後如願以償地進入了新聞臺，一天工作十二個小時，採訪、剪接、做新聞，每天都累得跟狗一樣，薪水只有三十K。她告訴我，之所以可以撐下去，那個點就是——坐上新聞主播臺的時刻，即使是爆肝的清晨時段，可是那一個小時讓她很滿足。

「現在，我也終於進到我喜歡的媒體，我研究所畢業，也同樣拿三十K的薪水……但我覺得好像看不到自己的未來，我真的很想要經濟生活獨立。老師，你在媒體待了這麼久（媒體真的不是一個高薪領域），你覺得我該堅持自己的愛好嗎，還是應該轉去比較有可能爭取高薪的領域，還是去鄉下跟我男朋友一起開民宿，過簡單、沒有這麼大壓力的生活？」

坦白說，我真的沒有答案。

年輕的她努力摸索著自己的人生，很痛苦；她痛苦到在臉書上寫「誠徵——懷疑人生的懷疑人生互助小組」，底下有一堆同學朋友也痛苦地回應她，決定參加響應。

看著他們哀號痛苦，真實得很可愛。不是我沒有同理心，而是人生真相確實就是這樣，多數人也都抱著一堆疑問，只是，要放棄還是堅持，怎樣都會有壓力、有挫折的，但若夠喜歡，也許能少感到一點痛苦，也許能努力出一點成果，不然，轉彎也行。

堅持是好事，但若堅持到自己的身心狀況已經不允許，也就不必要了。

而我其實跟她的主播同學很像，在近三十年的工作經歷中，我一直可以找到一個自己的滿足點，然後不停地把它轉換成繼續下去的能量。

至於家庭跟工作的選擇，也是很多人對人生的懷疑點。有個女孩問我：「小乖姊，你自己也是個工作媽媽，看到小孩一直想黏著你，偏偏工作又好忙，得把他們丟下，你會有罪惡感，覺得自己做得不夠嗎？最近，這種壓力一直在我心裡。」

我轉述了女兒幼稚園老師曾安慰過我的話：「謙謙媽媽，不要擔心相處時間多少，相處的品質才是關鍵。」而至於怎樣才算夠，其實我也沒有答案。還好她最近得到了六個月的育嬰假，決心好好補上一直覺得陪孩子陪得不夠的缺憾。

想起前幾天在百貨公司洗手間門口的休息座位區，看到不只一個小小孩對著爸爸哭著找媽媽，甚至聽到其中一位爸爸說：「不哭！就帶你去找媽媽。」但止不住看不到媽媽的焦慮，孩子們還是繼續哭……，看著這些小小孩，我的心情很激動，這就是媽媽在多數小孩心目中的重要性——我知道，我給的應該遠比孩子期待的少。幾分鐘後，上完洗手間出來的小女兒看了他們一眼，驕傲地說：「我現在不會了！」我突然覺得釋懷了——眼前這個只在關鍵時刻才有媽媽陪伴的小孩，自然而然長成了獨立的樣子。

我不是不會懷疑人生，只是，懷疑人生很花時間，對一直處在時間不夠用狀況下的我，總是選擇先幫自己的生活內容，訂出清楚的優先順序，只要碰到衝突，我就按順序安排選擇，少了很花時間的掙扎跟慌張，事情自然圓滿。

人生真的懷疑不完，就選擇吧；選擇了，就直直前行，人生自然會給你屬於你的答案。

可愛的幾分鐘

身邊的同事朋友很常對我說：「你好正面喔！」但其實，誰沒有煩惱，我又怎麼可能例外。

不僅如此，科學家更已證實人類的腦傾向負面思考，這是因為遠古時代人類在體型上相較於猛獸是弱小的，專心避開錯誤或危險，以生存法則而言，才是有利的。所以啦，遇到任何事情先有負面思考是很正常的，這一點已經寫入基因裡了，重點是盡快逃開它，不要被它綁架了。說穿了，人，很難天生正面，我也只是盡量設法「逃」快一點，呵！

這讓我想起，不久前跟一位前同事在餐敘上相聚，好不容易才有機會坐下來聊天。她說起，前陣子有天，她先生牽著四歲的兒子到樓下散完步，準備搭電梯上樓，卻突然昏倒，心跳停止。幸好鄰居很機警地用了AED去顫器，才救回她先生，後來他在加護病房住了一個月，終於順利恢復。一切看似沒事了，可是有一天輪到她牽著兒子搭電梯，曾目擊爸爸昏倒震撼的小小孩突然扶著她說：「媽媽，你要站好。你沒站好，我就沒有媽媽了。」聽到這裡，她的心為之一酸接著告訴我：「經過這件事，我體會到了，人生下一秒鐘不知道會發生什麼。這是真的。所以，現在我跟我先生有個默契就是——過好每一天，不要對未來煩惱太多。」

突然想實驗一下，把現在當做自己人生的最後一刻，看看腦子裡的畫面會是什麼？

我想到了家人，要離開他們，很捨不得啊，但我覺得自己盡力陪伴了。兩個女兒都有很棒的特質，未來一定可以成為有用的人——看過獨立的媽媽（我），應該也能長出照顧自己的能力。老公比我更有獨自生活的經驗，很知道怎麼獨處，也有興趣同好，就算女兒不陪他，應該也可以過得不錯。至於八十歲的老媽，儘管沒有我老爸陪了，但哥哥姊姊們都很孝順，就算少了唯一可以陪她逛街亂花錢的小女兒我，至少還有可以陪她打牌的大哥。

再想到工作，雖然每天都為了公司未完成的目標煩惱著，為了有沒有更好的解決方法而想破頭，但也已經努力到了最後一刻，不管老闆或公司滿不滿意，其實也沒什麼好掛心的，總有人會來把事情做得更好。然後想到同事們的臉，其實他們就是我另外一種形態的家人，仔細算算每天我們醒著的時間裡，有多少個小時是跟他們一起相處度過的，對他們，我心裡有滿滿的祝福。

若說在職場上可能會有什麼遺憾，應該就只有同事之間除了開會，都太常低著頭忙於桌上的任務——實在應該多聊聊！

最後是姊妹淘、同學跟朋友們……我們之間實在有太多愉快的回憶了。還有就是大家說好的，五十歲的組團旅行還沒來得及實現。那，只好未來在天堂咖啡廳相會時，再好好地罵她們。

這樣想完一遍，竟然覺得輕鬆。

就在上個禮拜吧，有天，我急呼呼地從攝影棚準備趕回公司開會，天氣很差，心情慌亂。衝上好不容易叫到的計程車，手指又不停地滑手機，回覆著一些狀況膠著的訊息，突然……坐在駕駛座上的大哥開口了：「小姐，我祝你聖誕節快樂喔！」我一頭霧水：「欸……謝謝，可是還沒到耶。」大哥開朗地說：「因為我下個禮拜遇不到你了呀，所以要趕快先跟你說。」這個答案讓我笑了出來：「哈哈，那我也先祝大哥新年快樂！」瞬間，緊繃的心突然柔和了下來，這幾句再普通不過的輕鬆對話，卻是那個煩躁的工作天裡最可愛的幾分鐘。

星象說，二〇二〇年水瓶座的運勢非常低落，但沒關係，我覺得自己已經不需要再擁有更多了，我只想試著把自己變成別人一天中最可愛的幾分鐘。

我也喜歡小日子

「爸爸，你知道你是什麼『族』嗎？」前陣子有天晚上，小女兒樂樂突然開口問。坐在旁邊的我，對她這個莫名其妙的問題一頭霧水。她接著說：「呵呵……我想爸爸是睡眠不『足』。」然後她爸爸大笑，接著說：「我也是存款不『足』。」我反問樂樂：「那，你是哪一『足』？」她不假思索，一秒回答：「我是活力充『足』。」

「媽咪，那你是什麼『族（足）』？」「我……」一時認真了，竟然答不出來。「你是時間不『足』的上班族。」女兒又再度一秒替我回答——沒想到她完全感覺得到，我每天的時間都過得很緊湊。

而這次的過年假期，老公剛好也有進度要趕，於是我們有了共識，乾脆完全不做任何安排。所以，我們只是把速度放慢，好好煮飯，好好走路，還把來不及在除夕前打掃完的角落慢慢打掃過一遍，這樣，竟然就有了休息的感覺，覺得好心安。

我也少用了讓我有焦慮感的臉書。除了必須的工作確認，我則又翻出幾年前看過的《喜歡小日子》這本書。作者申靜玉是韓國的一位室內設計師，她的年紀大我一些些，是個會剪掉先生舊西裝袖子，變成自己背心的帥氣女人；她的家就跟我們多數人的家一樣，雜物很多，書多到堆在地上也沒關係，可是，只要好好布置，就能變身成充滿美好生活氣息的空間；她告訴女兒要懂得玩樂，懂得離開，要充分去愛人。面對乖巧的女兒突然得了恐慌症，她沒有太多嘆息，因為知道這種情況不是自己做了什麼就能改變，便乾脆把小時候沒能照顧得太多的女兒，再把她變成孩童時期的寶貝，好好疼愛——這種可愛的「轉念」，很不簡單！

在書的最前面，編輯部介紹這位主人公的引言——〈獻給想要成為魅力十足的熟齡女子練習簿〉裡有好幾句話都非常打動我，讓我看著她的生活，想想自己。「我們啃噬著夢想而長大成人，年紀越大，夢想亦灰飛煙滅，因為已經不再是浪費時間也沒關係的時候了。只要能一天一天仔細品嘗，不過量也不囤積，還有必要懷抱著新夢想、憧憬什麼野心勃勃的事情嗎？」「老得很帥氣！這種帥氣不是單指外貌，

人生盛開

「媽媽，你耳朵過來，不要讓爸爸聽到。我偷偷告訴你，我長大要當明星！這是祕密喔……」

「等我長大，我要沒有蓋子的車子！」孩子，那是敞篷車！

「那，我不要讓你載我，我怕萬一天氣不好怎麼辦？」

「那，要有天窗的車子好了。等我長大，我要住豪宅，你來跟我住，我會給你錢。」

這是五歲大的金牛妹對未來許過的願望。但，她獅子座的姊姊就完全不是這樣了。

可能是獅子座愛面子，怕做不到的話會丟臉，所以，你問她未來想做什麼，她一定回答「不知道」。她從不亂開支票，只會把她已經有的東西給我。記得大女兒大概是五歲的時候，某天，我心情很不好（因為白天的工作遇到了挫折），她看我難過就說：「媽媽，你不要心情不好，我送你禮物。」我覺得很奇怪，哪來的禮物？原來，是白天她在幼稚園，老師給她的一小包糖果，她捨不得吃，要給我。

每天晚上睡覺前，我要關上她們的房門前，妹妹都會大喊：「媽媽，愛你一百倍！」當時已經十一歲的姊姊，則完全聽我的指揮，準備沉沉睡去……

我突然覺得，這兩個女孩真是天差地別。如果她們是同時追我的男生，不知道我會答應跟誰交往？——是跟妹妹談戀愛，但跟姊姊結婚嗎？她們未來的人生，究竟會被她們截然不同的個性帶到哪裡去呢？

希望會如《小家很有愛》的作者、同時也是韓國知名室內設計師申靜玉在書上所寫的：「不論直著走或斜著走，倘若結果是幸福的，不就得了！」我不是能永遠保護她們的母親，真的也只能祈禱她們得到自己想要的幸福。

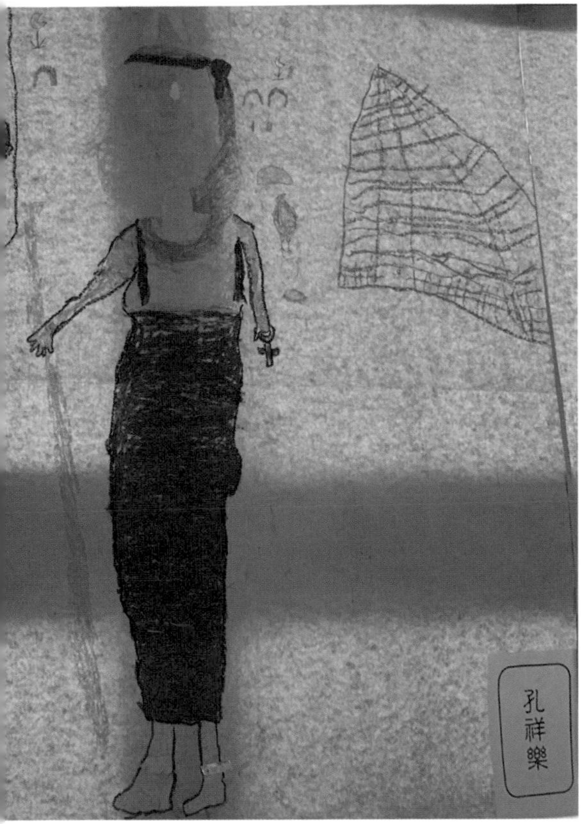

她們，其實各像我一半！

我是像妹妹那種很敢大膽亂想的人，但亂想之後，我也是會接著亂做的人，沒辦法說說就算了，因為我會跟姊姊一樣，很當真。但歷經一邊沒辦法停下腳步，一邊對自己咒罵的過程後，亂說的事情竟就成真了。我其實不知道這樣是好還是不好？像是——念服裝設計，去紐約遊學，做雜誌編輯……過程都是這樣。

自己也有一個女兒的申靜玉在書裡談到「希望女兒成為一個比我更棒的人，就好了」。但我的心情是，有了女兒之後的這幾年人生，倒覺得自己變得更像自己想成為的人。因為每當遇到挫折或抉擇，就快要被現實打倒時，我心裡就會想：「如果這個情況發生在謙謙或樂樂身上，我會希望她們怎麼做？」然後，我就會照著去做。

只是，現實人生裡，我是個被自己媽媽寵到不知道該怎麼當「黑臉媽」的人。我都開玩笑地說，我是家裡的「白臉媽」，白得晶瑩剔透；小孩如果乖，那都是天生的，如果無法無天，真的都是我寵出來的。我沒有勇氣說要成為女兒的榜樣，如果勉強說「我是」，那，女兒也許會比別人再多點勇氣吧。

這個冬天冷得晚，可一旦開始冷之後，就冷得要命。冷到最近，公司附近公園裡唯二的兩株粉色吉野櫻才終於開了，美到讓人忘記現實。人生也許也是這樣，時間、條件對了，就會盛開。祝福大家，春天美好，日日美好。

小孩教大人的事

有次，我坐在客廳一個角落裡，試著組裝買給小女兒的玩具版平臺編織機，說是買給她，其實我比她更想要，所以說買給她不過是藉口，因為我從學生時代就一直很想要有這樣一臺機器。但沒想到它竟複雜到連大人都很難搞懂，正在努力研究時，聽到原來擠在一旁、等我組好要玩的小女兒，已經不耐煩地拿出她喜歡的小布偶，開始玩起一個人的家家酒。

「小熊、小熊，你媽媽怎麼還沒來接你？」「噢，因為她還在開會啊！」

「小兔、小兔，你怎麼一個人玩，你媽媽呢？」「她剛剛去開會了，晚點才會來。」

「小豬、小豬，你喜歡畫圖喔？」「嗯嗯，我媽媽知道我喜歡，所以帶我來這裡畫畫。我們約好，等她開完會就來接我。」

聽到這裡，我已經忍不住要大笑了：「怎麼那麼巧，他們的媽媽都在開會？該不會，他們的媽媽都是我吧？」的確，我突然晚回家或早一點到公司的原因，經常都是為了開會。

小孩真的很直接、很真實，而他們不掩藏的真實，有時甚至會變成大人的鏡子。

有小學生的家庭，每天的早餐時間絕對是一天中最緊繃的可怕時段。前陣子的某天早晨，氣氛很緊張，因為負責叫大家起床的爸爸，累到沒聽到鬧鐘，所以全家都晚起了……而只要晚五分鐘出門，送她們到學校的車程時間，就可能變成兩倍。

「樂樂，吃快一點！」

她開始大口咬著麵包，可是麵包屑從嘴邊掉了下來，這時又讓人已經在焦慮的爸爸開始抓狂：「你不能用盤子接著吃嗎？掉屑屑會養蟑螂，掉到地毯裡面很難清耶！你小心一點……」

這時，小小孩樂樂竟很冷靜地說：「不解決問題，一直罵，有用嗎？」

這句像是老靈魂所說出的智慧話語，瞬間澆熄了她爸爸的焦躁怒氣。

是不是，我們這些總以為可以掌控一切的大人，總是自大地只從自己的視角出發，結果反而看不清事情的重點？

不禁讓我想起，三十歲那年，第一次當部門主管的事（那一年的挫折，我其實花了三五倍的時間才恢復過來）。當時的我一直不懂，為什麼我越把「大家開開心心工作」當成目標，事情就越不對勁。甚至，還有同事指著我的鼻子罵過我：「你到底在搞什麼？」當時，我傷心到回家痛哭。

而事過境遷多年，我才逐漸理解，原來，當時我所以為的好，根本是自以為是的好，一種希望別人會感動、感激的好……而這一切的好，不過是為了滿足自己，反倒放棄了專業上的就事論事。一個部門裡每個人立場都不同，A高興了，B就不會開心，如果反過來讓B開心，A就又生氣了……任何一個決定或方針，本來就很難讓所有人都滿意。

要當主管，就是要練就承擔一切的堅強心智。大概是在五年後，我又有了擔任部門主管的機會，這時的我，已經是媽媽了！小孩本來就是不受控制的小野獸，你越安撫「秀秀」她，小孩有時會哭得越大聲。但她們就是這樣可愛，所以，即便不求任何回報，我還是很愛她們。後來我發現，當主管其實就跟當媽媽一樣，道理要說，包容也要給，每個人都有可愛的一面，能一起相處，一定有很深的緣分，唯一的差別是——我是家裡的女老闆，但公司不是我開的！

我想，小兔、小熊跟小豬的媽媽應該都是我，當媽媽被會議綁架的時候，你們要開心地玩喔！我會認真解決問題，但不罵人。我愛你們。

爸爸的越愛越怕

某天，因為下班晚了，剛搭上計程車，就接到女兒的電話，司機先生聽到了我這麼回答：「……因為今天很忙，所以才這麼晚。你今天呢，還好嗎？嗯……很棒啊……知道囉，幫我跟阿嬤說我已經在車上了喔，待會見。」

一掛掉電話，司機先生就接著開口了：「是女兒齁，我一聽就知道。小孩喔，真的是上輩子欠他們的，我那個兒子跟我打電話的時候，一開口竟然是說：『你還沒死喔！』我氣到想把車直接開到他住的地方，把他拖下來打一頓。後來我忍住了，要幽默回他：『你還沒死，我怎麼死得了！』現在的小孩真的很難管，我覺得小孩大了就不應該住在一起，我那個兒子一滿二十歲，我就叫他搬出去，後來他不搬，我就乾脆自己搬出去。」

我以為他只是希望小孩獨立，沒想到他又接著語氣堅定地說：「自從離婚以後，我就想通了……我覺得人喔，最好不要結婚，也不要生小孩。人一生已經這麼辛苦，幹嘛還要自己再找更多的苦來受……。結婚生小孩，不是自己犯賤嗎？」聽他的語氣越來越激動，我不敢再多問，免得刺激他更深。

後來回到家，兩個女兒來應門，我突然想到，如果剛剛的司機生的是撒嬌的女兒，一看到你就問：「怎麼這麼晚？好可憐。阿嬤要我跟你說有煮飯喔，快點回來吃飯。」他，還會想把小孩趕出去嗎，還會堅持生小孩是受罪嗎？

坦白說，對一個職業女性來說，要工作還要照顧小孩，真的是很煎熬的事。姑且不論你有保母、媽媽、婆婆等所有的奧援可以幫你照顧小孩，光是你要出門時，看著她淚眼汪汪哭著說「媽媽、媽媽」，就已經要人命了。我常開玩笑地說，下班並不是下班，

而是要去上另一個職務叫做「媽媽」的班：幫小孩洗澡，整理書包、餐袋、刷牙、鋪床、唸故事……全部完成，已經十點多了，然後才輪到照顧自己。為了小孩，要放棄的東西多到難以想像，甚至連敷臉都不能依自己的意思——曾經，我敷上了一整張面膜，小孩看到我這張像戴上了白色面具的臉，立刻嚇得嚎啕大哭……。

那，對職業爸爸來說呢？每天早上要開車送小孩上學，可是因為路上交通混亂，一方面行車要安全，另一方面又怕讓小孩遲到……光是要兼顧這兩點，我們家的爸爸已經得了嚴重的胃食道逆流。這麼多的辛苦付出，確實，司機先生說「不該生小孩」又好像是對的！

想起，前兩天來送彌月蛋糕的新科爸爸朋友說，這個月一下班就去坐月子中心抱小孩，望著小孩的臉經常一看就是一個多小時，晚餐就這樣跳過沒吃。是啊，任何一種愛的關係都是有理由的，父母是因為很疼我，老公是因為個性很好，知己是因為很懂我……，唯有對子女的愛是沒有理由的，是會讓人全心付出的那種愛。多年前我剛當媽媽時，望著孩子的臉，我才懂得這種愛很大，真的很大，也才懂得之前爸爸媽媽望著自己時，臉上的那份擔心、驕傲又是什麼。

司機先生的話，意思應該是——這種愛太大了，大到沒辦法承擔吧！也因為愛太大了，所以一切承擔。

禮物

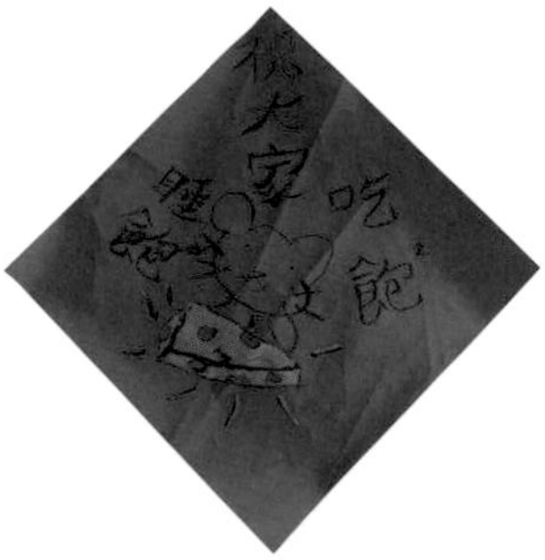

我是個媽媽，照理說要教小孩人生大道理，沒想到，卻常常從小女兒樂樂的天真話語得到安慰，甚至對生活有所領悟。來自工作上的煩惱一直沒少過，當我瞪著電視放空、表情卻皺著眉頭時，樂樂開口了：「媽媽，你為什麼皺眉頭？」我跟她說我有工作的煩惱，不知道該怎麼辦？她說：「那你就去睡覺啊，睡飽就好了。」突然覺得，自己根本是個自以為聰明的笨蛋，明知道想不出解決辦法，又硬要反覆煩惱，還不如好好睡個覺。其實，工作跟人生一樣，我們常以為自己可以全盤掌握，但事實不然，很多時候得看老闆、看天意，除了順應自然，別無他法。原來，孩子們的簡單、單純，竟然就是凡人苦修不得的智慧。

想起有次在家吃飯，樂樂又拖拖拉拉，最後，餐桌上就剩下我跟她。她突然眼神認真地看著我，說：「媽媽，我覺得我被你生出來，好幸福！」「？」原本等著收拾碗盤、無奈坐在一旁的我，突然被這個小童的「有感而發」嚇到。當時，她的語句還不太通順，可是我聽懂了，卻完全不知道這有感而發的來由：「為什麼？」「因為你的朋友都好好，每一個阿姨我都好喜歡。」就這麼簡單，她就是這樣簡單地喜歡著媽媽跟媽媽的朋友，然後感到幸福。因為任何有關小孩的話題，阿姨們都好有反應，也會跟樂樂聊起來，就像跟姊妹聊天一樣。想到這裡，自己心裡也突然感覺一陣溫暖……是啊，每當我煩惱困擾的時候，最懂得怎麼讓我瞬間感覺好些的都是身邊的好姊妹，常常不見得是安慰，而是一些能點燃對未來人生更多動力跟想像的五四三。

「媽媽，我最近在想，等我長大了，阿公應該老到已經死掉了，對不對？」沒人喜歡聽這樣的話題，但也不能裝作這件事不會發生，於是我回答：「嗯。」她接著說：「那我要多陪陪阿公阿嬤。」天啊，這不就是我該做的嗎！「對了，那，媽媽你應該也會比我先死掉。你先去天堂喔，我死掉以後，會去天堂跟你會合的。」這些話，我聽了真心想哭，孩子竟然說得很輕鬆，讓人相信——對，就會是這樣；就是這些日常，讓點點滴滴都很珍貴。我把它們記了下來，當作是給自己的禮物。樂樂、謙謙，謝謝你們，讓媽媽有機會學當媽媽，媽媽不一定是最懂事的大人，能給你們的也總是有限，但我會盡力去成為我希望你們成為的大人模樣——不一定要很成功，但面對任何事情都要能夠充滿勇氣。學會去看任何事、任何人美好的一面，盡量有顆體貼的心，因為我們很幸福，已經從周圍得到了很多的愛，我們應該要愛回去。最後，說好了，在很久很久以後，天堂見喔！

生日快樂

我很少去在乎年紀，但二〇一九年這年的生日我覺得很重要。就算能活到一百歲，從此，也剩不到一半了，因為我正式跨過了半百，變成維他命廣告裡的銀髮族。其實有一點點焦慮，因為不知道這麼多歲月過去，自己到底有沒有慢慢成熟一點，有智慧一些；惹別人生氣的時候多，還是讓別人覺得快樂的時候多？

練習多關注自己以外的「別人」，其實是我發現自己不足的地方——實在沒辦法不承認自己是個「自我」的人。一方面是因為自己從小在家是個毫無責任、只需要被寵愛的老么，另一方面是因為諸事周到的盧媽媽，卻反而教導我人生不要有太多顧忌。還記得學生時代第一次跟同學出國玩，出發前，她交代我：「不用想著幫任何人買禮物，開開心心地玩才是最重要的。」老天爺，我當時竟然就照辦，玩得樂不可支，最後真的什麼禮物也沒帶回家，就因為盧媽媽堅信——活出自己最重要。

但是，盧爸爸就完全相反了。他的口頭禪是「不要讓人家不方便」，若有人拿事情問他的意見，他的回答永遠是「方便就好」。年輕時開店當老闆的他，連全家的年夜飯都可以犧牲，就是要讓客人方便，要讓大家隨時買東西都沒問題。所以我小時候全家人總是戰鬥般地在半個小時內吃完年夜飯，然後跟著爸媽衝下樓繼續開店做生意。

而這樣一對夫妻教出的小孩，就變成了這樣的我。

我的上班人生中，所有的重要日子都是配合截稿期——兩個小孩的生日都在二十幾號……因為這樣的時間最剛好，可以處理完所有的寫稿、校稿，而不耽誤到月底出刊；我的婚禮訂在三十一號，這樣，辦完婚禮還來得及進行下一期雜誌的製作工作……想想，是不是滿變態的？但盧爸爸說「大家方便最重要」。

二〇一九年一月初，盧爸爸永遠地離開我們了。一直都在做心理準備的我發現，這些自以為的心理準備其實沒什麼用，我還是覺得很驚慌，因為理所當然會一直在那裡的人，真的瞬間就不在了。回去陪媽媽的時候，還是會有錯覺，覺得爸爸就在我們斜前方的沙發上，坐在一樣固定的位子，安靜地聽著我們聊天，偶爾回頭看看我們。好朋友說：「經歷父親的過世，我告訴自己要更認真地活了！」另外一個好友說：「想哭就哭，想笑就笑。不要忍！」她是這樣釋放失去父親的不捨情緒的。這兩句話對我都很有用。

爸爸的喪禮訂在月底，也許他還是不希望讓我耽誤工作吧，因為讓大家方便很重要。二〇一九年這年我沒過生日，可我記得自己還是有生日願望，那就是——成為爸爸媽媽期望的我，因為那也是我期望的自己。

突然感性了

小女兒樂樂有次在睡前突然跟我說：「媽媽，我覺得你要好好珍惜我現在這麼小的時候。因為我很快就會長大了，就不會像現在這樣黏著你了。」「你長大了要做什麼？我不會常常看到你嗎？」「因為我要上班啊，我會很忙。」「你之前不是說過，等我老了，你會帶我去喝咖啡嗎？」「我要啊，但是我可能會加班，有可能沒空帶你去。」我知道，她所說的「長大後的她」，其實就是「現在的我」。

然後，隔天一早九點半進公司就開始準備數位主管會議到中午，吃便當的時候還在看稿子，吞下便當以後又進總經理辦公室開小組會議，好不容易走回位子可以打開信箱收收信，信還沒看完就又要開編輯部週會。會，很有效率地不到兩個小時就開完了。這時候接到媽媽的電話，她說晚餐想吃家裡附近的滷味，但美術總監還在等我調整確定封面設計，我說我可能還要忙一下，媽媽說沒關係她還沒那麼餓。好不容易討論調整好，我抱著準備在睡前寫稿的電腦跳上計程車，那個時候已經八點多了。

其實，這麼囉嗦地交代我一整天下來的工作行程，只是想讓你試著感受此刻我有多想立刻回家躺下。可是又想到樂樂說的，她雖然想帶我去喝咖啡，但她應該會加班沒空，更加覺得就算今天自己真的一秒都沒停過，再怎麼累也該爬去巷口買滷味，因為媽媽想要的也只有這樣一點點而已。其實，我媽不常要求我幫她做什麼，就當作是對女兒的撒嬌吧！媽媽身分的我想要的，也就是長大後的樂樂幫我點那一杯咖啡而已！

遵命照辦後，媽媽吃得開心，但我還是累得說不出話來。跟我一起下樓準備回家的大女兒，早就從學校到阿嬤家等我會合，然後背著她國中生的大書包若無其事地說：「媽媽，走，我們去小七找一點甜的吃，你心情就會變好，變開心。」就在我們母女倆大口挖著霜淇淋吃時，我突然回想起，眼前這個大女孩在幼稚園時，曾經把很不容易累積的乖寶寶點所換來的小禮物，大方送給我，逗我開心，就因為她感覺到我那時心情不好（儘管現在她已經不會像小她六歲的妹妹那樣，每天對我甜言蜜語：「愛媽媽一千兩百萬倍，加無限。」）

每當遇到困境感覺無助時，我總會問自己，如果這個難題發生在我媽身上，從不輕言放棄的她會怎麼做？又或者是發生在女兒身上，我又會希望她們怎麼做？這時，心中往往已經有了答案。也許她們不知道，但她們真的給了我勇氣。女兒們給了我好多幸福，我希望自己也能給媽媽這麼多。如果能夠，我希望給女兒最多的智慧，不用給鑽石瑪瑙，只要像媽媽用她的人生活給我看那樣，因為「智慧，會讓眼淚跟笑變成珍珠」——這句話好美，是我剛從朋友最近的著作裡抄下來的，也送給你。

我是真的真的真的愛你

多年前有次到日本採訪，一去六天，當時十歲的大女兒已經習以為常，但四歲的小女兒在頭兩三天還算鎮靜，每天晚上睡覺前總像在催眠自己似的，一直對著爸爸說：「媽媽明天就回來了！」我們大人覺得反正小孩沒有一天一天的概念，拖著拖著也許六天就過了。但沒想到，到了第四天（那是個週六），小女兒發現不對，已經上學上了那麼多天，都週末了，我怎麼還沒出現在家裡，於是不停地大哭。最後，老公實在沒辦法，求我把電話視訊打開，當時我站在原宿街頭，電話另外一端不斷傳來嚎啕大哭的聲音……

不管我再怎麼騙，說——老闆不讓我回家（在她心目中，老闆的地位很高，因為可以指揮媽媽什麼時候要加班不能陪她，或是要我出差不能回家）；或是我去打她最怕的巫婆，還沒打完（因為如果我偶爾週末有事，得把她託給外婆，外婆都會跟她說，媽媽去打巫婆，不然巫婆會跑來抓她們）……她都不聽，還是繼續大聲哭。我已經忘了那通可怕的視訊電話是怎麼結束的，好像是用已經買好了很多糖果來安撫她，然後又說「手機要燒掉了，媽媽的手要著火了」……總之，講了一些瞎掰的理由。

掛完電話之後，強迫自己很快收拾起自己的罪惡感，然後完成了後面兩天的行程。

但如果你以為出差結束，小孩就會忘記你那幾天不在家、一切好像沒發生過一樣——那，你就錯了！

以前不只一次聽朋友說過，家裡的小孩會一早挑上學穿的衣服，挑來挑去就是跟爸爸或媽媽的意見不合，搞到每天非遲到不可。當時，我總是理直氣壯地站在小孩這邊說：「對自己的衣著有想法、有態度，長大以後一定很有品味。這樣很好啊，別生氣啦！」我自覺很懂小孩這樣的心理，因為我自己小時候也是這樣。

但後來在我家出現的，卻是更難理解的狀態。每天早上臨要出門時，當年那個四歲大的小小孩不在意自己身上穿了什麼，卻總是在出家門前認真地看著我，說我身上這個不對、那個不好，強迫換掉我本來已經準備好了的外套、鞋子或包，我有時不想理她，她竟然還以哭相逼——我真的找不出她的邏輯。

當下真的很希望誰可以來安慰我一下——一個四歲小孩在糾正時尚雜誌總編輯的上班穿著，我再……怎麼不認真打理，也不至於會穿得很醜吧！

後來，我妥協了。當時只希望她能盡快不哭，讓大家可以趕緊出門，不然，接下來連快遲到的姊姊都要哭了。突然，她又開始對我手上的指甲油有意見，一下說太紅，一下又說為什麼不是紅的……，面對這所有莫名其妙的狀況，完全置身事外的老公，語氣幸災樂禍地對我說：「恭喜你，又多了一個小媽。」

看著自己的小孩長大，經常讓我回憶起自己的童年……想著，我小時候有這麼麻煩嗎？據我媽媽說是沒有。但我確實清楚地想起，我經常懷疑媽媽不愛我，因為她常說我是她原來根本不想生的老么；還總是把好吃的東西先給鄰居小孩；只要跟玩伴有爭執，她一定先罵我……所以，我突然懂了，我家這個古靈精怪的ＡＢ型小金牛，原來是在用這些誇張蠻橫的要求試探我的底限——她要親眼看看媽媽到底有多愛她。

原來，不是男女之愛才可能有不確定感，連親子之愛，也是如此。但在我自己當了兩個小孩的媽媽之後，我非常確定，媽媽的愛真的不用分享，因為每個孩子都有完整滿滿的一份，只是當我們是孩子時還不能完全地懂。但盧媽媽，您不用證明，我知道我是你的心肝寶貝。

愛你喔！——雖然我從沒說出口過，但這點不用證明。

自我怪獸

自我，真是個很奧妙的東西！

原來，所謂「叛逆期」就是，每個人在歷經尋找自我的一個長大過程。藉著表達對別人的反對，以證明自己的存在感；所以，「為了反對而反對」應該是心裡有不能肯定自己存在或重要性的困擾。

而我小女兒還小的時候，這方面有很嚴重的困擾。特別是她對於媽媽的愛，有極大的不安全感。雖然我已經是個極盡溺愛的弱媽，但從小，她身邊有跟她分享媽媽的姊姊；在保母家也有兩個比她更早認識保母、被保母呵護的小孩，所以她一直對於沒辦法得到完整一份愛，很焦慮。關於這點，我是慢慢才越來越了解的。

有次，已經精疲力竭的我回到家在卸妝時，她拿了一張一直放在我床頭、我抱著七個月大的她時所拍的照片，擠到我身旁，很憂鬱地指著照片裡的我，並對我說：「媽媽，這個溫柔媽媽不見了！」我嚇了一跳，過了五秒鐘才想到，難道是因為——剛剛拖著她進家門時，例行公事地跟她說快跟姊

姊去洗澡，而她硬是不肯，然後我不耐煩地說了句「總是不聽話，算了！」再下一幕，就接到她用憂鬱的臉對著我。

這種不可侵犯的「自我」，其實在職場中也時而可見，特別是在很需要團隊合作的工作關係中尤其明顯。因為自我強大的人常有自己的節奏，即便他知道自己跟團隊的節奏不同拍，但自我的力量太大了，所以還是按自己的節奏走。但，千萬不要以為「自我」就是負面的——如果一個團隊沒有「有一點自我傾向、認為自己想法是對的」的人，很多時候會落入沒人願意提出觀點、或者想法創意淪為平淡的可怕狀況。所以，我承認一個好的編輯部、一個好的編輯，不能沒有一點這種很有個人想法的「自以為是」特質。但，正因為每個人都很有自己的想法，又該如何好好地團隊合作呢？

後來我成為編輯部的主管，對於這種「自我特質」除了欣慰，也有無奈。因為總編輯的角色確實就是公司跟編輯之間的夾心餅乾。我依然很清楚地記得，自己還是編輯時，曾為了想做好主題，根本不理罰錢、扣假這種事的壯烈心情，直到明白美編同事因為我的任性常常熬夜加班，才驚覺該收斂自己的自以為是或者該說自私。

「你說我現在不是溫柔媽媽，那，你是可愛樂樂嗎？」「我是！」

「那，今天早上一路大哭的生氣樂樂，是誰？」「那是因為你忘了幫我帶土司！」

「如果那麼重要，你可以練習自己記得嗎？媽媽早上要準備的東西好多，一急就很容易忘記。

我不是故意的，可是你一哭，一點都不能商量，我就會變成生氣媽媽了！你可以幫幫我嗎？」

我發現她臉上線條柔和下來了。

「拜託幫幫我，我不喜歡變成生氣媽媽。」「好！」

對話結束後的幾天，每當她為了雞毛蒜皮的事讓人快要失去耐心時，只要一拜託她不要讓我變成生氣媽媽，她竟然就立刻收斂，變得可以商量了——她終於懂了，她做的事會影響我的情緒。

我發現，原來所謂的「自我」，只要能開始意識到自己跟別人的關連，就可以自動調整到比較恰當的強度。也許這就是「將心比心」吧，懂得將心比心的人才叫做真正的長大。樂樂慢慢長大了，做為媽媽的我不敢說自己不任性了，但至少已經裝設了「自動煞車系統」。

爸爸 3、

媽媽
我 4
姊姊

從一個人到兩個人的生活

一個人超棒的！

可以自由地決定生活裡所有的安排。我是那種一點也不在意坐兩人桌、卻獨自吃飯的人。所以，我其實一直以為自己不會結婚，只因為我喜歡自由，多數時候不習慣配合別人……但沒想到，掐指算算，我竟然已經結婚二十年了。

仔細回想，自己的自由確實少了些──晚上參加活動不能隨心所欲地待到太晚，因為有送小孩上床的壓力（小孩氣呼呼，很難收拾）；週末不能賴床睡個不停，因為老公覺得要多出去走走才健康（因為他希望兩個人都健健康康，可以牽手一輩子）……這些事剛發生時，我其實並沒有立刻習慣，只覺得自己的生活不再是自己的，反而有些感嘆。

但，婚姻就是這樣把兩個有緣分的人緊緊圈在一起。白天忙了一天，晚上回到家，有人會問你吃飽了嗎？遇到挫折，有人會不論如何都站在你這一邊，給你一個擁抱，這才懂，原來有人陪的感覺是這樣。

「別這麼傲慢，這個人和你沒有任何淵源，卻願意跟你結婚，還比世界上任何人都關心你。不把這樣的人生伴侶當一回事，除了傲慢，還有什麼字眼可以形容？」這段話，是我從《今日公休：九十歲書店老闆的生命情書》裡抄下來的，作者坂本健一六十多年來一直開著一間小小舊書店，而他用來抒發心情的「店休海報」上隨手的圖畫跟字句，讓他的「青空書房」突然在日本聲名大噪——因為相伴一生的心愛妻子住進了安寧病房，可是他因為要維持生計而無法常常去探望，於是把所有的思念都畫成明信片天天寄給妻子。而這段話則是他談起自己人生故事時有所感悟，所說的。

MOËT
ELLE
CHAMPAGNE
MOËT & CHANDON
IMPÉRIAL
BRUT

愛的宇宙

很小的時候看著滿天星星，常常會想著，宇宙裡一定有除了人類以外的朋友，那些閃亮亮的星星上面是住著誰呢？

有個週末去了臺東小旅行，因為晚餐吃得太飽，決定從民宿走出去散散步。晚上不到九點，街上只剩超商的燈還亮著；沿著臨海的十一號公路往前走，走不到三分鐘，已經完全沒有路燈了——沒有光害，天空中沒有月亮讓星星更亮，密密麻麻的像是演唱會的歌迷高舉而成的燈海，看著久違的滿天星空，突然覺得好懷念。慢慢走著走著，感覺自己好似獨自站在宇宙面前，對比起那沒有邊際的浩瀚，感覺人原來是這麼渺小，就算是煩惱，也小到顯得微不足道。

當我正沉浸在這一刻「與宇宙的交流」中，身邊「掃興」的聲音響起了：「小心啦，不要只顧著抬頭看星星，這裡都沒有光，路過的車子開得很快，很危險，要看路！」牽著小女兒的老公緊張地看前看後，深怕我們一不注意有任何意外的可能。別說看星星了，他只緊盯著我們的背後跟馬路看——這就是我們家的「戶長」，他總是這樣全心全意在保護他所愛的人。而我經常的漫不經心，曾經變成他跟我之間的壓力。

我比老公小了十歲，他多半時候處處讓我，因為他常覺得我才是他真正的大女兒。我們唯一一次吵架吵到翻臉，是在我們剛結婚兩三年的時候。他那時候一直跟我說「你工作壓力很大，應該要多運動」，但是每當週末終於來到，我就只想在家補眠耍廢，因為——真的很累嘛！他卻以「希望我更健康、更有體力」為由，硬要拖我去健身房。我拗不過他的要求，於是心不甘情不願地跟著他出了門（老公是獅子座，非常目標導向，使命必達。我則是懶得爭執、情願接受假和平的水瓶座）！但從一上車，我就一直臭著臉，沿路上他一直跟我說「健康」的大道理，但我完全沒回應。開到半路，他突然把車停到

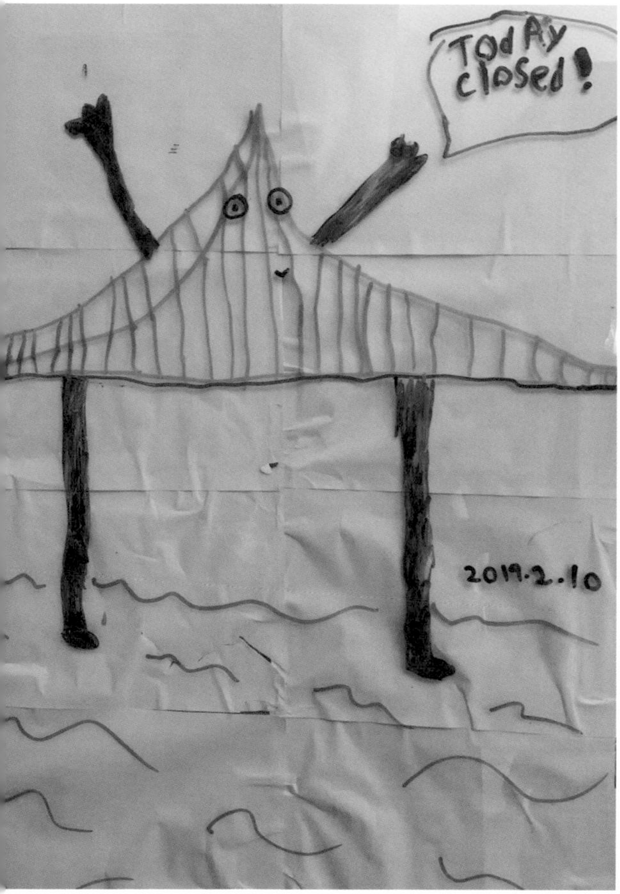

路邊，被我毫不領情的態度氣紅了眼眶——我嚇傻了。

那次，我們後來到底有沒有去健身房，我已經不記得了，但直到那時我才真正領悟到「老公想要保護我的決心竟然這麼大」……所以，當他打斷我跟宇宙交流時，如果是當年的我應該根本就當耳邊風，管他的，繼續看我的星星；但現在的我，就默默照做了——抬頭十秒鐘，回頭看路十秒鐘。

《今日公休：九十歲書店老闆的生命情書》作者坂本健一說過這樣一段話：「別這麼傲慢，這個人和你沒有任何淵源，卻願意跟你結婚，還比世界上任何人都關心你。不把這樣的人生伴侶當一回事，除了傲慢，還有什麼字眼可以形容？」這話，我分享過，因為真心喜歡，所以再分享一次。

很真切，不是嗎？What would you do for love? 前段時間，有人問過我這個問題。我的答案是：「盡你可能的一切吧！」因為，我們在宇宙中的相遇是如此難得。

浪漫奇蹟

人一生中種種最親密的關係，多數都是由血緣決定的，如親子、兄弟姊妹……，而攜手一生的親密伴侶卻是在茫茫人海中，由緣分牽起，因愛連結，打造出一個新的家庭，把兩個原來完全無關的人從此圈在一起，相信相依一輩子，想想，這真是宇宙中最浪漫的奇蹟之一了！

「我願意和你去面對所有的未知，所有的順境及逆境，無論是好的或是不好的，我都會和你一起度過，希望到我們老的時候，我們還能夠手牽著手。我相信愛無懼，我不怕任何的驚濤駭浪，我希望是細水長流。我們很晚才走在一起，餘生還有很多的好光景，往後請你多照顧，我的幸福就是和你在一起，我愛你，良平。」看到這段由志玲姊姊在婚禮上對夫婿黑澤良平讀出的誓辭，我覺得志玲把婚姻中最核心的浪漫完全寫出來了。因為，夫婦就是彼此之間最重要的支柱，而「新婚」就像兩顆新齒輪要從此卡在一起，幾乎沒有不需要磨合的。

而做為已婚的過來人小S，在志玲婚禮上忍不住笑鬧時說的這段話，其實也非常真切：「婚姻這條路真的很……（遲疑）……『好走』！把對方的缺點縮小、優點放大。難免會有想要握拳的時候，這時候你就對自己說：『志玲，加油！』」話一說完，現場哄堂大笑，裡面肯定包含很多心有戚戚焉的笑聲吧。

也讓我想起，前陣子某天晚上，我坐在客廳看著不需要用大腦的日劇，順便偷偷地打開一包科學麵乾啃。看劇還好，但睡前還猛啃泡麵簡直是觸犯了健康主義的獅子座老公的大忌。坐在另外一側的他突然開口了：「每天晚上看看劇、吃吃零食，應該就是你生活裡最容易的小確幸了！」還以為他會再接下去說泡麵對身體不好，睡前還吃東西會容易胃酸……，可是沒有，他只是低下頭滑手機看影片（因為他不愛看劇），坐在那裡繼續陪我看，不再主觀地「糾察」我。

當下覺得好幸福，好幸福，不是因為沒被「唸」，而是感覺被理解了，也被包容了。這應該就是夫妻的相處真諦之一，真正地接受對方的一切，不論是好是壞。把自己變成他，他也把自己變成你一般地彼此理解。宇宙中有一個願意完全懂你的人，真是太美好了。祝你們一定要幸福喔！

愛的真正模樣

「第一次發現你嫂嫂打哈欠的樣子這麼可愛！」這是我大哥在事情發生後三個禮拜跟我說的話。大嫂去了河濱公園騎腳踏車做運動，沒想到竟發生意外，右腦受到強烈撞擊，經過兩次緊急手術，後來住進加護病房。昏迷了十天後，嫂嫂的腦部水腫漸漸消退，突然這樣一個生理性的動作，讓哥哥幾乎要錯覺嫂嫂只是在睡夢中。

加護病房允許親友探訪的每個時段，大哥幾乎都一定會趕到。他總是細細地看著沉沉睡著了的、被醫生判斷只有一成醒過來機會的老婆，所以就算只是這樣一點點打哈欠的小動作，都讓他興奮不已——儘管醫生解釋這是神經的反射動作，不是由她的意識所指揮的。

好一段時間裡，大嫂真的睡了好長的一覺。

當時的大哥已經快要六十歲了，他雖然是家裡的長子，可是最像小孩，總愛逗人生氣。我如果打扮得「太時髦」，他就會說：「穿什麼啊，好醜。」領有專業廚師證照的他，煮過菜的廚房常像被亂槍打過，很亂又很油膩。嫂嫂常罵他，愛煮不愛收，他就會回：「這是二廚做的事，哈！」喝過的杯子、吃過的碗一定留在桌上，絕對忘了收。

種種的他讓我一直錯以為，我這個哥哥真是被媽媽跟老婆寵壞了，沒辦法成熟。

沒想到，當最親密的妻子發生了這樣的重大意外，全家因此崩潰痛苦、手足無措時，他竟變成了所有人的情緒支柱，從不說怨天尤人的話；就連孩子因為沒辦法接受媽媽發生意外的低潮情緒，他也都一一安撫。無助的姪子到處求神問卜，半夜開車到偏遠山上去等「算命仙」，旁邊的人看了很擔心，怕不安全，怕他被騙。大哥只淡淡地說：「那是他對自己媽媽的心意，不要阻止。他的心情也需要出口。」

大哥還跟我說：「等你大嫂出了加護病房，可以自主呼吸、不用靠機器以後，就算醒不過來，我也一定要帶她回家。我不會讓她到療養院去被別人粗魯地修理。」

「修理？」

「對啊，她如果不自主地亂動，就會被照護人員綁在床上，他們會說這樣比較不危險，可是其實也就是比較好照顧。我不要她被這樣對待！」

聽他說完這些，我的眼睛裡已經沒有淚了。雖然，他曾經很擔心能不能一直親力親為地照顧醒不過來的嫂嫂，但我想，他已經準備好了。

我們常說「人生無常」，只是，真的很難接受「無常」原來可能這樣近！「無常」，難道像是去個隔壁鄰居家那麼近嗎？而離我們這樣近的無常，卻讓我看到了愛的真正模樣——不是因為他願意為我摘星星，而是願意在崎嶇的人生路上把對方穩穩地扛在背上，一起往前走。

美好人生

《積存時間的生活》書中的兩位主角津端修一與津端英子，是一對近九十歲的夫婦，他們是我的偶像。他們活出了我最期望的老年生活——「好生活不是用錢可以買的，而是用時間積存下來的」。當知道他們要親自來臺灣，參與這本書中文版的新書發表會時，我就立刻安排了編輯跟他們面對面做採訪。而安排他們進棚拍照時，只覺得奇怪，為何有大隊攝影陣仗一直在旁邊做影音側記，後來才知道，原來有一位導演準備將他們的故事拍成電影。

前陣子，《積存時間的生活》這部紀錄片在臺灣上映了，電影裡把他們到臺灣的這段旅程也記錄進去了。當時，可愛的修一先生站在我們的鏡頭前，還忍不住說：「好害羞喔！」後來坐下來跟我們訪談時，他又說了一段可愛的話：「日文裡有『膽小鬼』這個詞，我們夫婦倆都是膽小鬼，沒有彼此活不下去。」好純真的話，從一位快九十歲的爺爺嘴裡說出來，有著真切的浪漫。

然而，相對於修一爺爺跟英子奶奶，結婚二十年的我，對於婚姻卻好像還一知半解。因為我好

像一直還是用自己的步調生活，從不讓自己演出委屈或犧牲的角色；這樣聽起來，我還真是個可怕的傢伙。事實上，我也會對小孩、老公盡心付出，只是「犧牲自己，成全家庭」從不在我的選項裡，因為——人勉強了自己，就會想從對方身上再得到更多，我覺得這樣不健康。我還是會在會議結束後，匆匆趕去接小孩；下班回到家就算已經九、十點了，我還是會收拾廚房，這純粹都是因為愛他們，想照顧他們。

只是總有人說：「結婚久了，夫妻就會變成『家人』！」聽起來，還真讓人沮喪。我身邊其實也有不少夫妻，因為後來生活在一起感覺淡了而分居，甚至離婚。我想，或許我潛意識裡也有點硬要自己在感情上獨立，如此一來，萬一感情產生變化，也許就不會那麼難以承受了——原來我也是個「膽小鬼」。

我常常重新翻看這本書，我看到裡面寫道：「如果一醒來，就聽到對方說『那邊弄一下』，火氣一定會上來，覺得：『真囉嗦！』明明知道對方這麼說沒有惡意，但還是會覺得心煩。但若按照自己的步調，在有空閒的時候走到菜園，看到『修一，拜託！』的旗子，就會老實地接受：『啊，那邊需要我去翻土。』馬上就會下去做。」

用立牌寫「請你鬆土，好嗎？」鬆好了，就換插上「OK」。原來，這是修一爺爺的發明。而且他覺得交談時，也不要求對方立刻回應，留下一點空間，關係就會比較融洽。我直接問了他們經營婚姻的祕訣。

修一：「我們沒有吵過架，兩個人要保持距離，這就是夫妻關係圓滿的祕訣。」

英子：「女生不要太囉嗦。講了，老公不見得會聽。」

他們兩位的答案，都讓人會心一笑。

前些日子，修一爺爺在除完草以後午睡，就長眠了。英子奶奶開始了一個人的生活，但說是一個人，她依然生活得像是修一爺爺還在一樣——小桌上有他們的合照，有修一正字標記般的黑框眼鏡；朋友帶了花去，插瓶之後，她會看著照片裡的修一，笑容甜美地說「這是她們帶來的花，你看看……這麼漂亮」；她在廚房也會一邊做菜一邊說話，就像修一爺爺還在的時候那樣。

我這才懂得，原來夫妻之間的「依賴」是這樣的——就是一種很安心的存在，讓人非常幸福。

愛情的存在感

每到農曆年前，截稿的工作就會進入一年之中最壓縮、痛苦的狀態。不只因為過年放假縮短了工作時程，許多關於公司未來一年的計畫跟調整也都經常發生在這一段時間，所以，我幾乎是呈現一種忙到腦子打結的狀態。但，小孩卻放寒假了……。

休業式一結束，不用每天早起穿上制服出門的小女兒，每天都在等我，想要一起出去玩。吃早餐時會問：「媽媽今天要上班嗎？」晚上就問：「明天星期幾？」來到週末，她終於等到一個可以跟我單獨出去玩的機會，因為——一直跟她分享媽媽的姊姊，要去參加同學會，爸爸則是要出門去上進修課程，所以，就我們兩個人混一整天。我說，等我寫完稿子再出去玩，可以嗎？她就一個人在旁邊的小桌子一邊畫畫，也一邊唱歌——只要陪伴就好！小孩很直接，她在老師發下來的新年心願單上，用國字混雜著注音符號寫下：「希望媽媽有更多時間陪我！」可是在兩人的愛情關係裡，卻常常沒辦法那麼直接地表達心意。

上個禮拜，回媽媽家吃晚餐，媽媽擔心地說起新婚一年多的姪媳，帶著六個月大的寶寶，氣到回娘家了。已經是曾祖母的她一頭霧水，只能一直催小姪子去接老婆回家，但好幾天了都沒下文。後來我才知道，導因是姪子的好友來臺北出公差，他趕著忙完店裡的事，要請好友一起去吃晚餐，順口問了老婆：「要不要一起去？」姪媳回他：「那小孩怎麼辦？」這個沒心眼的新手爸爸以為老婆不想去，就自己帶朋友出去吃飯，還因為聊得太開心，晚上十一點才回到家。回家以後跟老婆說話，都沒得到回應，也不覺得有什麼異狀，心想老婆是因為帶小孩很累所以不想講話，就放心地睡他的覺，隔天早上醒來，老婆竟然已經不見人影，回娘家去了！

老公也沒覺得自己做什麼錯事，不過是招待朋友出去吃飯。但整天關在家其實很悶，做老婆的當然想出去透透氣，也覺得老公應該要知道，照顧孩子不應該只是做媽媽的責任跟壓力，但老公不懂。是啊，「我不說，你就懂」，這真的很浪漫。但真相是，多數時候，不說，對方就是不會知道。特別是結

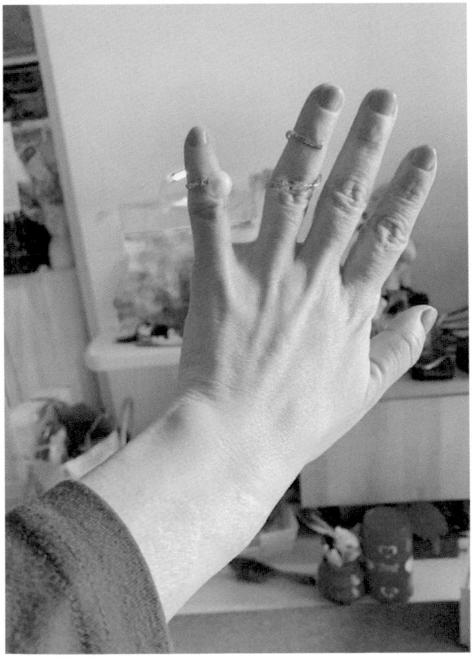

婚之後，因為少了談戀愛的小心翼翼，那種覺得「對方該懂我」的理所當然，常常會變成吵架的導火線。於是，小事就演變成了冷戰。

記得我新婚第一年的情人節，老公竟然打電話跟我說，要我自己回家，他要去「練拳」（這一直是他最愛的運動跟嗜好），晚上十點才會回家。我氣到在電話那頭完全出不了聲，覺得自己若說出「今天是情人節」這句話，會很沒面子。那時，我也是氣了一個禮拜，我心裡一直嘀咕著：「可惡，變成老婆就不是女朋友了，竟然還沒有他喜歡的運動重要，我到底嫁給他做什麼！」後來老公懺了悔，因為根本沒注意到那天是情人節。我後來也發現，其實不只是結婚後，其實結婚前他也根本不過情人節——交往的那一年，我倆除了出差不在臺灣，幾乎天天見面，所以我也根本沒發現他沒有過節的習慣。後來，也就慢慢懶得在意了。

細心關注全家人健康的他，會擔心我到底有沒有準時吃午餐？上班時有沒有坐在電腦前變成石頭？「要記得站起來走一走！」每天也都會注意冰箱還有沒有牛奶，讓沒有咖啡不能活的我，起床後可以煮咖啡用……對現在的我來說，這些事比情人節花束或巧克力，都更甜蜜。這就是「夫妻磨合」啊，不「磨」，是沒辦法「合」的。

聽說姪媳回家了，我不知道少根筋的姪子到底跟老婆求饒了沒？但這就是愛情啊，會在意，會生氣。

好好說話

之前去書店，看到《蔡康永的說話之道》佔據暢銷排行榜前十名。我其實一開始很不解——話，每個人只要開口就可以說，每天都在說，這麼熟練的事，怎麼還需要有人出書來教？只是，之所以如此暢銷，肯定是很多人需要吧？

我沒看過這本暢銷書，因為覺得自己完全沒有說話跟表達自己的問題，但最近在家卻深深感到被「說話」這件事困擾的狀況。特別是，我的兩個小孩已經來到可以完全用口語表達意見的年紀……。

某天，跟我窩在沙發看卡通的小女兒說：「媽媽，我喜歡灰姑娘，她穿公主的衣服好漂亮。」那時十歲大，坐在旁邊大桌、不爽功課寫不完的大女兒說話了：「哪有什麼漂亮的，無聊。」爸爸（大聲斥責）：「姊姊，叫你去房間寫，你就硬要坐在這兒。不快點寫，還在管妹妹幹嘛！」姊姊（哭聲）：「是妹妹一直吵，不然我本來很快就寫完了！」本來輕輕鬆鬆的晚間睡前時光，頓時空氣凝結。

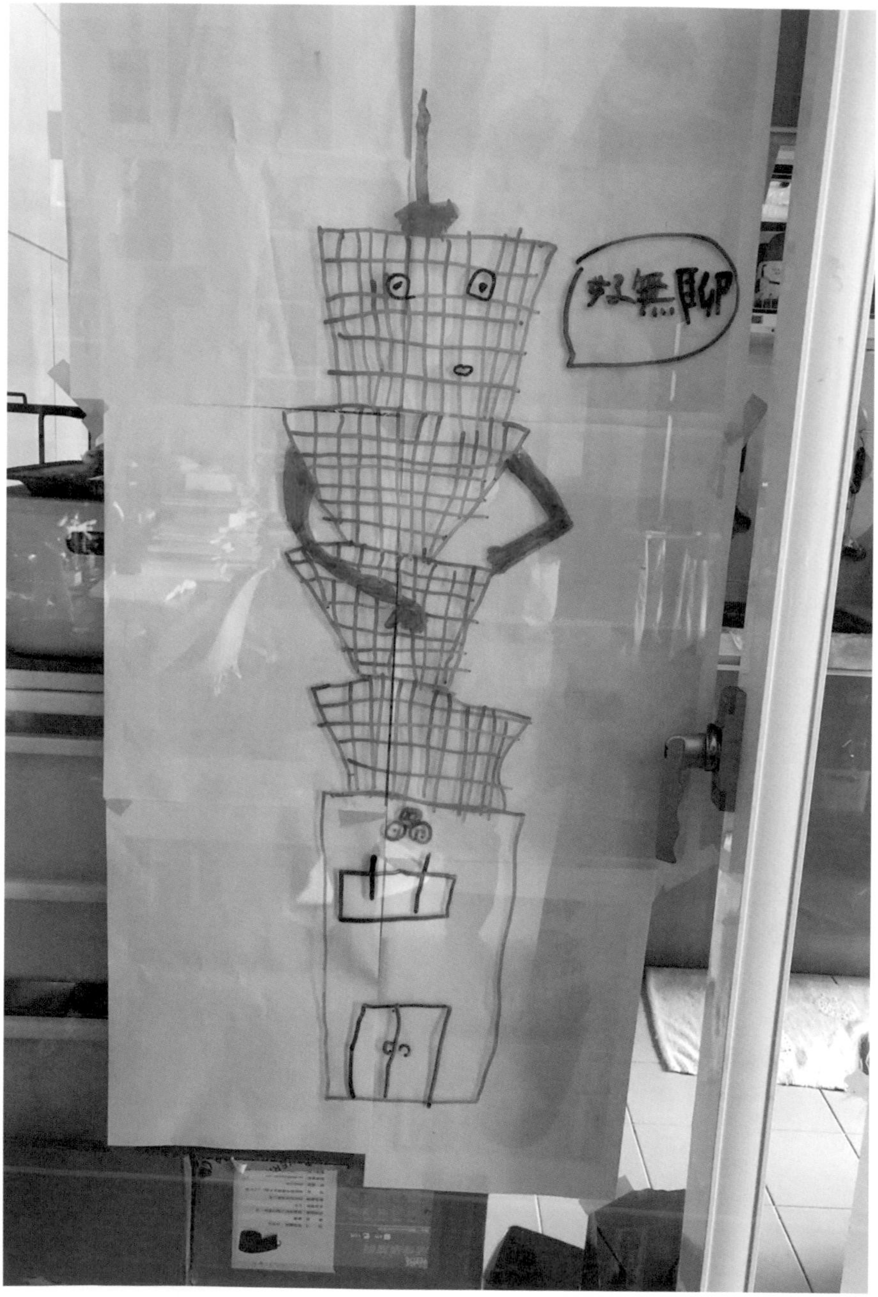
好無聊

當時無語的我，心想：「姊姊那句『無聊』如果只在心裡說，接下來那整段破壞氣氛的對話都不會出現。心得結論是：有時，不說比說好。」

又有一天，一個十幾年未見的學妹突然從米蘭回來，一群朋友臨時起意約了隔天週六中午要吃飯，我實在很想去，因為最後一次見她，是當年她穿過米蘭罷工的機場，幫我找回人都已經下了飛機四天、還找不到的遺失行李（更別說我身上一直穿著剛下飛機的那套衣服趕了十幾場秀，而行李箱裡有我還要在巴黎時裝週待上十天的衣服、用品）。跟她說完「謝謝」的隔天，我就上飛機去巴黎了；這些年來，陰錯陽差的，一直都沒機會再見。

由於小孩的關係，我其實已經很久沒有週末單獨去跟朋友聚會了。小孩超級黏我，沒帶著她們我會有罪惡感。但因為實在太想去了，所以硬著頭皮在回家的車上開口對老公說：「明天中午我要去跟朋友吃飯。一個很久沒見的學妹從米蘭回來。」

小女兒一聽到，先大哭：「不要，你不可以去。」大女兒聽出了我很想去的心情，覺得她妹妹很自私，就罵：「你很煩耶，媽媽只是去吃個飯，哭什麼啦！（火上加油）」聽到小孩哭，心煩的老公回話了：「可是，我明天中午還要去學校接補課的姊姊。」

我因為太擔心他們不答應，覺得自己果不其然等到的是「反對」的答案，立刻生氣地說：「我就知道，我週末就是不可以去做一件自己的事，就對了！（失望加倍，於是憤怒加倍）」老公：「不能做自己事情的人，不只你，我有機會去做自己的事嗎？（感覺已被激怒）」

本來開開心心的週五夜晚，又變成生氣之夜。

回到家，我走進房間，冷靜下來，心想：「我好笨，明明只是想去聚會，卻用了一句好像在強調自己當了媽媽犧牲有多大的『我就是不能做自己事』的氣話，來表達。逼得老公也用『誰又能去做自己的事』這種好像在跟我比誰為家庭犧牲得比較多的氣話，來回答我。事實上，這是無從比較起的。」

隔天早上，我很明確地說：「這真是很難得的聚會，我只是去個兩小時，吃完飯就回來。」老公立刻溫柔地回我：「這麼想去，當然就去啊，我會搞定小孩。」

後來，有天在計程車上，我聽到一個臺語電臺主持人說：「好好說話，也是一種布施。」突然，有種被當頭棒喝的清醒感。是啊，我們每天都在說話，但是有沒有記得好好地說呢？在外，可能是職場，我們因為階級、利害的關係，比較容易提醒自己講話要小心。但家人之間呢，會不會因為已經是如此親密的家人，所以話就隨口而出？但其實，每句話說出來、聽進了對方的耳裡之後，就是到了對方心裡。

所以，說出每句話之前，想著對方吧！我相信，他會更容易聽懂你的心意。

偶像女兒

我必須說，粉絲的心情真的莫名其妙，而且超級容易被偏見點燃！

因為太喜歡木村拓哉跟山口智子主演的日劇《長假》，我竟對後來嫁給木村的工藤靜香完全沒了好感。即便是二〇一八年他們的二女兒光希 Kōki，以模特兒身分出道時，工藤靜香的星媽角色一樣很容易就被一些惡意媒體給妖魔化了，特別是同年她們母女一起到訪香港的那一次。

但二〇一九年年初，她們終於來到了臺灣。除了參加活動，我們有了臺灣媒體第一個拍攝光希 Kōki，做封面人物的機會，為了讓光希 Kōki，感覺熟悉，還特別邀請當時正在日本執導電影的攝影家蜷川實花，中斷電影製作，飛來臺灣，執行這個拍攝。大隊人馬的製作規格，絕對不允許任何的出錯。

我也準時到了現場。已經經過無數事前溝通，除了服裝、妝髮需要當場再確認討論，其餘一切都已妥當進行。然後，我這個無用粉絲竟開始不自覺地一直觀察著這對明星母女的互動。

其實，在見到光希 Kōki，不久前，我才剛跟一位資深的製作人好友聊過天，我們談起了「星二代」

這個話題。他告訴我，他很難用星二代來演他製作的劇，原因是——父母的才華太強大了，星二代光是要突破自己內心的壓力就已經很困難了，有時還可能因父母的光環而削弱了他們的抗壓性。

我一邊想著這些話，一邊看著光希 Kōki, 在現場的樣子，突然覺得很奇妙。站在光希 Kōki, 旁邊的工藤靜香，完全不是明星，她就是一個媽媽，當大家開始進行服裝準備的說明與討論時，靜香就只是默默地舉著手機在一旁，變身成光希 Kōki, 的社群小編，然後不一會兒就在光希 Kōki, 的 Instagram 上發布了《ELLE》封面拍攝現場的限時動態。

由於妝髮師一直堅持要給她成熟一點的模樣，所以在拍攝空檔，當我看到靜香媽媽悄悄環著光希 Kōki, 的腰搖搖她時，那樣的動作好疼惜，就像在安撫一個可愛的小孩那樣……瞬間，我才又意識到光希 Kōki, 不過十六歲。

還有，在進行拍攝的前置溝通時，我們曾被千萬次叮嚀不能問及她家人的事，甚至希望我們就稱呼她光希 Kōki,，連姓都不要提，因為希望她在媒體前能盡量遠離父母的光環。

但開始進行訪談時，光希 Kōki, 竟很自然地聊起了家人，聊起媽媽是她最好的朋友，而她話裡的媽媽就是個真實的母親而已，完全沒有明星的影子；她會把所有的心事都跟媽媽說，也喜歡跟媽媽學做菜。再問光希 Kōki,，有什麼事能讓她開心大笑？她說，跟家人一起吃飯時；當全家人坐在一起，那些開朗、輕鬆的相處時刻裡總會有些小細節讓她笑個不停。

聽到這裡，我對靜靜坐在光希Kōki，旁邊，只是微笑、卻不發一語的工藤靜香，有一股同樣身為媽媽的深深敬佩，我這粉絲的偏見已然消失於無形。能讓青春期的孩子對自己完全地、毫無保留地信任，讓一家人坐上餐桌時總是能開心大笑，她——絕對是個好媽媽！

而我，一個小時前因為想要趕進度寫稿，硬是把一直黏在自己身邊、一直喊著「好無聊」的小女兒趕去了客廳，最後還忍不住大吼：「你再不出去，害媽媽寫不完，明天要加班，就慘了。」十分鐘後，她默默地走進房間，拿了一張紅色的紙給我，上面畫著一個笑臉媽媽，旁邊寫著「心想事成」。我想，我離女兒心目中的好媽媽應該還有一段距離，但我很幸福，有個貼心的好女兒。

畢業快樂

最近這兩三個週末，大家的臉書幾乎都被「畢業典禮」洗版。

我也不例外，我家的大女兒也是今年（二〇一九年）國中畢業，多數爸媽一定都早就把典禮日期標註在自己的行事曆上，我雖然也這麼做了，只是，兩個月前公司內部討論海外員工旅遊的舉辦日期時，剛好就定在女兒畢業的那個週末。我因為太想跟同事出國玩，竟叛逆地回家問老公：「謙謙的畢業典禮，我一定要去嗎？」「你不去……好嗎？」他瞪大了眼睛，用一種像被雷打到的驚嚇神情看著我。這對從小所有事情都是全家動員的老公來說，「畢業典禮」的重要性甚至大過全國都要因此放假一天的「國慶日」，怎麼能因為想出去玩就缺席！

我這才突然意識到，別說什麼母姊會或家長會，從小不論得什麼獎、上臺表演什麼……盧爸盧媽從來都沒參加過。畢業典禮更不例外，唯一有過一次的「偽家長」代表是現在已經失聯的乾哥哥。所以，我腦子裡對「畢業」的概念是——它是當事人的事，不是家長的事。

還好因為一些執行上的困難，員工旅遊延期了，我跟著老公乖乖到場。而隨著女兒的畢業，跟朋友的通訊對話框裡又多了新話題。

「謙謙，高中不繼續念私中了喔？」「對！乖乖幫媽媽省錢。」

「高中念哪裡？現在私校真的爆貴@@」「還不知道。分數可以到中X女高，但想上X中！但分數不夠啦XD」

「但聽說X中很玩樂，常常有人玩到落榜XD」「呵呵。但我希望她玩得開心啊！……不認真的媽媽。」

「媽媽年輕時玩太多，現在就被工作綁著，無法玩了XD」「真的……！就不希望孩子過分認真。人生不是只有分數……。」

「不過，人家說不定就想這麼認真捏XD」「我覺得你說得很對！我這種媽可能也讓謙謙很累。」

「說不定，去玩，壓力反而很大，每個人個性不一樣嘛，像我就不會玩啊，高中時就蠢蛋一隻，念書就很忙了，而且我睡眠時間很長，相較之下念書時間比一般人短XD」「你說的很有道理！但我就是覺得她不應該這樣。」

「她如果喜歡玩，你是擋不住她的，如果她不愛玩，你硬要拉她玩也很困擾啊，每個人天性不同嘛。」「嗯嗯……阿姨說的沒錯！」

「所以，老天給了你比較活潑的二女兒嘛，這樣媽媽才不會太意外，想說我女兒也太不會玩了吧。」「老天怕我太失望……哈哈」。

「對啊！我有個同學，前面兩個小孩都不愛吃，她本人是個吃貨，因此非常沮喪，想說無法跟小孩一起享受飲食的快樂呀~後來生了老三，老三就是個大吃貨XD，兩歲就能把我媽包的粽子直接吃完一顆，媽媽十分激賞XDDDD……命中註定命中註定。而且我覺得謙謙就哲學家氣質啊，她其實都有在聽別人講話，眼神專注，可愛。」「呵呵。謝謝阿姨讚美！待會到家立刻轉述給謙。」

晚上回到家的謙謙說：「我本來以為我在典禮上可能會哭，沒想到完全哭不出來。」我心想，當然不用哭啊，幹嘛把畢業想成結束，它是新的開始，興奮都來不及了……。雖然好友一直幫謙謙的保守跟文靜說話，可是我心裡祈禱或許她也可以開始有點像我了。

父母對孩子的期待總是像「猛虎」……，而我身上的這隻「猛虎」可能長得比較奇怪，我會跟好友阿姨們一起拉好牠，別讓牠咬傷我的孩子。

幸福願望

前陣子，到大女兒學校參加她上高中後的第一個家長日。坐在她的座位上，各科老師上臺輪流開始說明學期的教學方針，聽著聽著我就分心了……看著窗外舒服的綠色樹景，在這個只有女孩上課的教室裡，感覺到一股斯文的青春氣息。

突然，講臺上的畫面，切換成我的高中數學老師正在檢討月考考卷……（實在討厭數學），坐我前面的同學把漫畫放在自己腿上，低著頭一邊看，一邊跟著劇情竊笑；我則把塞在抽屜裡的毛線拉出來，用棒針打著毛衣（我當時真的很著迷於手作），然後「修女教務主任」默默飄到了我座位旁的走廊上，盯著我們看。傍晚下課，我們就被叫去教務處罰寫數學了。

這段往事，我跟同學一起笑了三十年，還可以繼續笑。

我拿出隨身的空白小筆記本，給女兒寫下一段話：「你位子的風景好好，一定很好睡。想睡就睡吧，只要不要太誇張，讓老師生氣就好。」寫完，還順便幫每個老師給我的印象打了星號（滿分是五顆星），然後塞到女兒的抽屜，看她何時會發現？——因為她是個不愛整理抽屜的人，一方面可以考驗她到底多久會整理抽屜一次，一方面當成是給她的幽默驚喜。

一定會有其他父母覺得這「驚喜」也太誇張，竟然叫小孩上課打瞌睡。但我的意思是——把握你的人生吧，媽媽不會插手。因為我其實一直不覺得跟著世俗標準走的人生，會比較快樂。

乖總編的爸媽從來懶得管我功課，覺得我如果不愛念書，就早點嫁人，不然就去放牛，哈哈。所以，我總是覺得書念得剛好就好，做自己喜歡的事更重要。

巨大的快樂，來自於往自己真心想要實現的目標走去，這種動力跟充實感會讓人慶幸自己活著。這個目標的範圍，可以關乎自己，也可以包含別人，甚至地球、宇宙。就像日劇《自然捲小

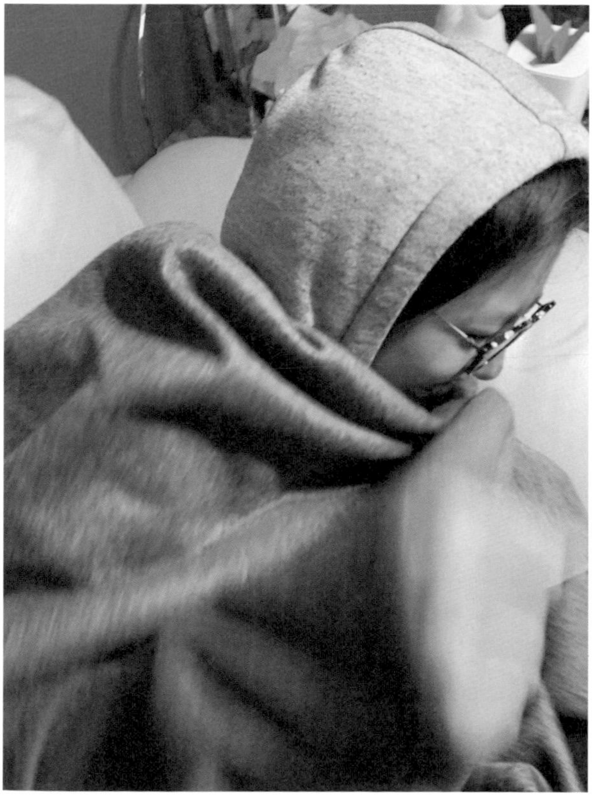

姐放長假》裡的女主角凪，從媽媽期待的東京企業上班族、從男友期待的溫順女友角色中掙脫出來後，發現自己最想做的，是接手社區裡即將歇業的自助洗衣店，把它改造成一個「可以讓來店裡洗衣服的人，在緊繃生活中鬆一口氣」的地方。

儘管最後事與願違，但就像「旅行的意義不在於目的地，而是過程」這句話一樣，能勇敢往目標走去就是一種幸福。

你最近為自己立下了什麼目標呢？我心裡倒是有個小小目標，但願自己可以做到，也希望它實現時，可以讓某些人感到幸福。

人生，「咻」一下就過去了

我不怕老，但很怕無聊。多年下來的時尚雜誌工作讓我絕不無聊，因工作而結識的許多夥伴、同事更是個個精彩，精彩到變成好朋友，甚至是永遠的啦啦隊盟友。我的人生，謝謝有你們。

我們是朋友

這兩天心情很奇妙。

昨天中午，我跟國際巨星楊紫瓊小姐坐在一起共進午餐。她是受倫敦珠寶品牌戴比爾斯（De Beers）邀請而來臺北的。我這樣的經驗其實並不太多，而且能避就避，倒不是因為會緊張，而是怕平常透過螢幕看他們的那種夢幻感會沒了（萬一她不如我以為的可愛，真的會很失望，還不如不知道），另外一種壓力則是，因為明星多半很有保護色彩，很多個人的事不能談不能講，萬一自己跟人家交談時沒拿捏好，會超尷尬。

所以當我坐下來時，看到英文名牌 Michelle Yeoh 就放在我的旁邊，我還在想哪位媒體朋友的英文名字是 Michelle？但，Yeoh 不是臺灣的姓吧？還在狐疑中，主持人就介紹楊紫瓊出場了。她簡單分享了在倫敦跟瑪麗・麥卡尼（Mary McCartney，「披頭四」成員保羅・麥卡尼的女兒）的廣告拍攝合作，然後就走到我旁邊入座了。她很親切也很有禮貌地跟周圍的人（包括我）握了手，一秒後她突然從位子上彈起，同時跟座位附近的人道歉，說自己應該要跟大家都握手——全場大概將近五十個人，她走向了每一個人。

當她回到座位時，我突然不再覺得她是個明星，我們開始像一對在尋常聚會上偶然認識、很自然便聊起天來的陌生朋友。她談起最近飛去了南美洲，因為在做交通安全的宣導工作，一天飛一個國家，前一晚才剛從巴黎飛到臺北。我忍不住說，怎麼可能，她臉上真的完全看不出時差的疲態。她哈哈大笑地說，因為昨晚她的臺北好朋友帶了宵夜到飯店，她吃得好開心，還喝了紅酒香檳，可能是因為這樣，睡得很好。

然後她接著說：「人生，開心很重要，會讓你心煩的事要 let go，不要去鑽牛角尖，一切就都會美好了。」我真的沒想到，還會被明星開導人生觀。後來，她竟然還分享了跟男友慶祝情人節的趣事。她說，男友並不是個特別浪漫的人，她知道自己之所以會收到花，都是祕書提醒男友送的；於是，她要求男友該有一點真正的浪漫表現，男友想了半天，終於想到帶她去巴黎杜樂麗花園坐摩天輪。這光聽就夠偶像劇情節了，好浪漫，絕對該放進韓劇橋段。沒想到帥氣的楊紫瓊當時卻說：「真的好悶喔，這麼天輪好慢，還要多久才能下去。」真是讓我笑翻了。

聊到這兒，我已經忘記她是國際巨星楊紫瓊，而是新認識的朋友 Michelle！

問她，這次來臺灣幾天？她說原本的行程是三天兩夜，但真想多待，想試試能不能把後面的事情排開。我忍不住提醒，後面幾天據說有個颱風會影響臺灣，也許天氣會變糟。她說不怕，她到哪兒天氣都會放晴——昨天晚上看新聞，果然就聽到颱風已經轉向去日本了，今天臺北還是藍天，我想Michelle的行程應該調整成功了吧；颱風都被她趕跑了，她應該能跟喜歡的朋友多聚聚了。

但是，今天的我，竟然比昨天意外跟楊紫瓊坐在一起吃飯的我，還緊張！

因為，我將跟一位幾乎是從創刊就開始讀《ELLE》的資深讀者見面，雖然我不是明星，但我也擔心自己的出現會不會讓她對總編輯的角色幻滅？

三個月前，編輯來跟我說，是不是可以做一個跟讀者有關的特別企劃？他們想去找資深讀者來談《ELLE》。我還記得我當時是瞪大了眼睛的，「這個企劃超棒！只是我擔心你們找不到，可以同時有備案嗎？」因為，我真的不知道會不會有人和我一樣是跟著《ELLE》一起長大的。像我這樣二十多年沒換過工作的人已經很少見了，不過堅持的同時至少還有錢可領；但，會有人二十幾年不間斷地繳錢訂閱同一本刊物，不變心嗎？

沒想到，編輯們真的苦心苦力撈出了資料。這二十五年來，公司其實已搬過好多次家，而且其中還有一大半歲月不屬於電腦時代。打了上百通電話，竟然真的找到我們的忠誠讀者，做成報導。

身為創刊時就已經在《ELLE》工作的第一代編輯我，真的很想知道這本雜誌對她們來說扮演著什麼角色，在她們的生活中佔有怎麼樣的位子？

聽到有人說喜歡我每個月的分享，這點真的讓我感覺好幸福，讓我知道我不是對著黑洞說話。

真的謝謝你們，你們不只是讀者，更是我的朋友。

總編輯好友

我不懂「紫微斗數」。二十多歲時，有個朋友自告奮勇地願意幫我排命盤，第一次看著自己的命盤，好奇地問朋友：「宮裡大方站著的『文昌星』是什麼意思？」她解釋：「文昌星，是一顆很有才華、文采的星喔！意思是你會交到很多有才華的朋友。」果然，幫我排命盤的這個朋友，過沒幾年就當了某出版社的總編輯；此外，我有一群初入職場就彼此認識、興趣和年紀也都相近的好友，差不多在年過三十歲不久，除了我，所有人的名片攤開放在桌上，頭銜只有兩種，不是總編輯，就是副總編輯。而我一直對自己能有這麼多有才氣的朋友，感到驕傲。

她們的文筆都極好。而每當說起那個沒電腦、只能用筆跟稿紙寫稿的時代，我就會被大家拿出來笑，笑到肚子痛——因為我的思緒常常沒辦法連貫，所以只好把寫下來的話剪成一條一條的，然後重新安排順序貼在新的稿紙上，貼好後，再加兩句，覺得不行，只好又重新再剪，重新安排後再貼……就這樣反反覆覆地進行著，最後交稿時，稿紙常常已經被我貼到像一片手工餅乾那麼厚了！

這種事應該是一出生就會敲電腦鍵盤的新世代人類不能想像的事，聽起來差不多像在談石器時代的壁畫是怎麼被畫出來的感覺吧。

終於，在快四十歲時，我也跟上了大家的腳步，成了時尚雜誌總編輯。而聊到我在「乖總編」粉絲專頁上的文章時，總編輯朋友們也各有意見——「不要再寫媽媽經啦！」「大家都很好奇時尚雜誌的工作是怎麼回事，你怎麼不寫跟這個有關的？」我我我……雜誌工作是我的日常，而且每個月都反覆在上演，真的說不出什麼來。

真實的狀況就是——現在，我辦公室房間的外面，好吵！因為這期有太多稿子延誤了，編輯檯已經快要趕不上截稿日，大家像熱鍋上的螞蟻般大呼小叫著。我關上了平時很少關上

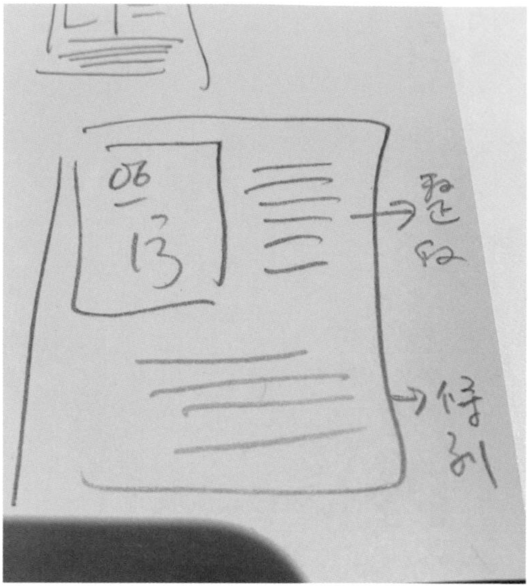

的房門，想著朋友們說我該寫些別的，卻反而寫不出來，還好現在已經有電腦了，讓我剪貼一萬次也不留痕跡，要不然現在，稿紙可能已經貼得像「吐司」那麼厚了。

真心感覺對不起大家的好奇……關於在時尚媒體工作，我的心事很深，每天思考的問題好多，實在沒辨法用很簡單的方式說出來。還好有《穿著PRADA的惡魔》這部電影，大家還是用它來想像就好。我確實會跟梅莉．史翠普飾演的總編角色一樣，在相同藍色的不同腰帶之間，吹毛求疵；對照片順序跟版面企劃，一改再改；對編輯同事辛苦執行出來的報導不滿意，不留情地要求調整。還有，有一次為了工作接連飛了美國跟歐洲，月初去了洛杉磯，已經得過十五次以上葛萊美獎的艾莉西亞．凱斯（Alicia Keys）就在離我不到十公尺的臺上唱歌；月底去了佛羅倫斯，當《格雷的五十道陰影》女主角達珂塔．強生（Dakota Johnson）在我眼前對著鏡頭微笑時，我心裡卻想著「太常出差，實在覺得有點對不起小孩」。所以，除了每天吃牛排、折磨助理準備星巴克咖啡、亂丟皮草包包在新人桌上的情節，時尚惡魔電影裡那些「針對工作，完美主義天天發作」的部分，都有點真。順帶一提，我沒有助理，連影印紙都要自己走去影印間拿——大家千萬不要誤會了。

又或者，你更好奇一群總編輯聚在一起時，私底下都聊些什麼？下次我邀她們來回答，我的壓力就不會這麼大了，呵呵。

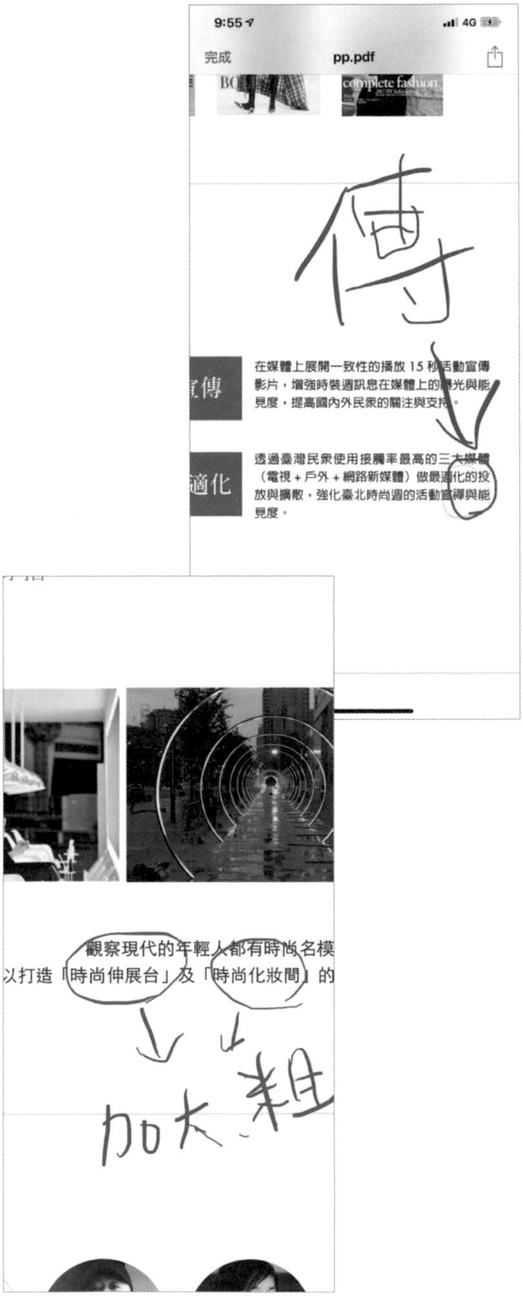

職場真情

暑假尾聲，小女兒吵著一定要到我辦公室玩，但不巧的是，那一整天我都被關在會議室，我讓她在我的位子上自己看書，還特別囑咐她不可以吵辦公室裡的姊姊們。但是，她好像還是到處去逛逛了……。

「媽媽，我拜託你，你下禮拜回公司上班的時候，一定要幫我修補吉娜阿姨的心。」「？」「去你辦公室玩那天，她說要教我『送愛心』，我說我不要，那沒什麼。吉娜阿姨那時候用一種痛苦的表情說『我心碎了』，我當時其實只是害羞亂回答的，不是故意的。拜託你……」她一直唸一直唸，只要一想到就提醒我。

我沒想到，這小娃兒的心這麼溫柔。

你會怕傷別人的心嗎？

昨天，老公用一種誠實的語氣對我說：「當你轉換成『總編輯』模式時，溝通上就會變得很強勢。」那一秒鐘，我的心也受傷了。受傷，是因為在他的語氣裡，我在工作上似乎是個很糟糕的暴君。然後他又接著開口說（我還以為他會像女兒一樣也要來修補我的心，沒想到他只是再補一槍）：「我只是很坦誠地跟你說，因為在公司沒人敢跟你說得這麼直白。」儘管後來他看我臉色變了，改口說：「歷史上，一個朝代要強盛，一定要有暴君存在。強勢的領導人是必要的，總比團隊沒有方向來得好。」但，這話沒有完全安慰到我，因為我其實也不喜歡傷別人的心。

這個不恰當的睡前話題，讓我有點失眠，只好翻翻達賴喇嘛的書，看看能不能轉移內心的焦點。「這件事是為了我好，還是為了別人好？只有對少數人好，還是對多數人好？做這件事是為了未來，還是為了現在？」書裡的這幾行，是達賴喇嘛教我們怎麼用幾個簡單的問題，來檢視自己的意圖。

然後，我試著開始對自己回答……，竟然很快就不再沉溺在難過裡，慢慢地清楚了我的強勢並不是為了我自己。強勢，怎麼會對自己好，只可能讓溝通對象對自己反感。但為了讓製作方向更明確、讓編輯內容更有強度，就算被討厭也沒關係，因為是總編輯的角色要我必須守護這些，而這——不是真正的我！不能分辨的人，也就不可能跟我成為朋友，只能是職場上的同事。

在漫長的職場生涯中，很多革命情感常常會讓人混淆，搞不清楚自己正在面對的是朋友，還是同事？當然，同事也可能是朋友，可我相信很多人都有過「他竟然在老闆面前這樣說我」的經驗，而覺得自己被背叛了。但事實是，他不是你哥哥也不是你姊姊，不會沒有理智地犧牲自己去保護你（如果有這樣的人，他絕對是想追你，哈）；你覺得自己被他捅了一刀，但他不過是在為自己職場上的角色據理力爭，不是因為他自私，而是他有他的職位目標——只要立場不同，衝突自是理所當然。

那，職場上到底能不能交朋友？當然可以啊，只要你能分得清楚，那是工作上的他，還是真正的他。況且就算是敵手，也一樣能成為真正相知相惜的莫逆，不是只有跟自己立場一樣的人才是戰友，我們同樣能一起吃飯一起喝酒，彷彿家人一樣。雖然，有人總愛說：「進到職場是來工作，不是來交朋友的。」但說實話，跟你經歷著一樣的產業壓力，一樣的職場無奈的人，才最能聽懂你的痛。

所以，也有人問：「對事不對人的溝通，到底存不存在？」我覺得存在。當然，道理也一樣，只要你能分辨，現在，你面對的是工作上的他，還是真正的他。在我的想法裡，職場絕對有真感情。

姊妹水晶球

「媽媽，你的手過來，我要把我的水晶球接在你的手錶上！」我一頭霧水，但對於小孩任何無厘頭的要求，我這個水瓶座媽媽的第一個反應一定是照辦。然後，小女兒就假裝把一顆隱形的球安裝在我的手錶錶面上頭，她手上則握著另一顆隱形的水晶球說：「徐欣瑜、徐欣瑜，你聽到我的聯絡了嗎？」停頓兩秒後，她又說：「我知道了，那我現在要回家了。」

徐欣瑜，是小女兒讀幼稚園時最麻吉的好友。當時，徐欣瑜她們一家人過幾天就要去日本玩了，所以會請假好幾天不能上課，而這兩個四歲多的小女孩，竟然已經開始捨不得對方了，於是她們練習用「水晶球」跟對方聯絡。我搞清楚後，差點沒笑死（當然不能在她面前笑），但又覺得很可愛。然後，我想到了我的好姊妹……。

年輕時，我們每天黏在一起，就算結了婚，還是至少兩三個月見一次，現在半年都見不到；原來，一年也該聚一下的，可是因為大家工作忙碌的時間點不同，常一拖拖兩三年才見一次面。我每天都在辦公室跟家裡衝進衝出，忙工作、忙小孩，早上趕出門，晚上趕回家，回到家又趕著睡覺，早上醒來又趕著出門……用跑跳步進行的生活節奏，就這樣一年又一年地過。

然後，我發現我們之間最可怕的一句「聊天結束語」就是——有空來約喔！問題是，每天都有忙不完的事，所以這話的意思是——親愛的，我們等到退休再約吧！我距離退休，最快還要九年，你呢？……（無語）

然後，我們可能會變成二十年沒見、也沒聯絡的朋友。有天，也許你會突然出現在我眼前，但因為太久沒見了，我覺得這個人很像你，卻不知道自己會不會不顧一切地衝上前去叫你？只因為，眼前這個人留了一個黑人般的米粉頭，一身皮衣勁裝，但我印象中的你是個穿小碎花棉質襯衫、牛仔褲的小清新啊，所以，當你出現在眼前的那最初五分鐘裡，我的腦子不停地打轉想著「不可能是你吧，真的會是你嗎？但這身高、這臉孔……」，再多看兩眼，還是覺得好像，可是不太可能吧？

五分鐘過去了，你從我眼前消失，又成為我記憶中曾經的朋友。雖然，我最終都不確定那是不是你，但這五分鐘讓我清楚地知道，你曾是我一生中一個很重要的朋友。

……我被自己腦子裡的場景驚醒！還好，這是個白日夢。

我其實也有「水晶球」啊，只是它不是球狀，而是一個方塊，握在手裡、插在口袋都方便，再加上有網路跟通訊 APP，朋友無論到天涯海角，只要收得到訊號的地方就一樣可以隨時分享喜怒哀樂。

我不在意「已讀不回」。因為，是朋友就會懂，彼此之間「有空再回」，才是真友情——朋友就是在忙，是想逼死誰？別這樣脆弱好嗎！

日子天天月月年年地過著，就算「有事沒空」，還是要常常用「水晶球」聯絡喔。讓我知道你很好，至少知道你換了穿衣服的風格，不然二十年後，我認不出你，該怎麼辦！

還好有你們在

在職場的人際關係中，很少有人……我甚至覺得不可能有人沒受過傷。

可能是，你一直以為是好友的他，竟然拿走了你的功勞或機會；你以為你們站在同一國，但面對長官時，他竟然就變成跟長官一國的了；你覺得你在幫他，但他覺得你在搶表現……。

那樣的情況發生時，你身邊親密的朋友或家人是不是總會安慰你：「不要想太多，工作就是工作，不是來交朋友的！」

在職場快三十年，我曾經有過常常「受傷」的階段。後來，也曾有過這般冷漠想法的階段。再然後，成為高階主管，同部門裡已經沒有平行位階的同事，於是習慣一個人午餐，一個人下班，這是我現在的階段。

所以，在職場上真的交不到真心朋友嗎？

我覺得不是這樣，而且覺得職場裡能有交心的朋友，真的很珍貴。

特別是初入職場時，那種菜鳥之間互相扶持、打氣的情誼，其實跟男生當兵時的同袍情誼非常非常像。有人說，臺灣男人一講到當兵，就有講不完的經；就連「某某退輔協會」的老同事碰面，也會變成「小學生」般說個不停。

前一陣子，我跟第一份工作認識的「老同事」一起吃飯，明明是三個都快要五十歲的女人了，講起二十年前的辦公室點滴，簡直就像在講畢業典禮一樣，還是好懷念。甚至還講起，那時一起去吃完午餐，有一次，三八地想學人家日劇情節到大樓樓頂吹吹風，抒發一下壓力。沒想到，風一吹，竟然把逃生門給吹得關上了……這下，一點都不日劇、也不浪漫了。只好傻傻地站在頂樓，盯著下面的巷子看，只要一有人經過就扯著喉嚨大喊：「請往上看！」從一點喊到兩點半，總算有人往上看了，才終於搭電梯上來幫我們把門打開。不然，我們可能要抱在一起睡屋頂了——這件事說一百次，就可以笑一百次。

而說起自己在工作上的壓力跟無奈時，兩位老朋友不約而同地都說，當初一起工作的辦公室其實一直在她們心底的某個地方，每當需要點燃對工作的熱情時，就會仔細地回想那個空間，以及曾經發生過的點滴，只因為那裡有我們對雜誌工作最純粹最純粹的初衷跟喜愛。

仔細算算，每天，我們醒著的時間裡，有多少時間都處在工作裡？我們在工作中所面對的壓力、瓶頸、主管一句無心的話……，心裡的酸甜苦辣滋味，真的常常只有「夥伴」才能完全「懂」。所以，每當我有機會跟辦公室的實習生講話聊天時，我都會雞婆地要她們一定要認識彼此。因為在職場初期交的朋友，不論未來是不是會停留在同樣的職業圈，她們都會是你最棒的情緒出口、無私的人脈跟啦啦隊。

而這餐飯，最後是在「還好我們都還在」的結語中，一邊簽帳單，一邊說再見的。「都還在」包含了很多意思——「還好我們都還在」這個工作圈；「還好我們都還在」身體健康的狀態，可以常常見面；「還好我們都還在」，一直保有可以回到菜鳥時期般幼稚聊天說話的真情。而我的心裡更是覺得——還好有你們在。

專欄

潮流
輕快我的人生

有人說「流行是陰謀」，不停改變，不停引誘新的購買慾望。但仔細想想，還好，潮流就是這樣不停地轉變，就是因為想跟著它「遊戲」，「穿衣打扮」這件事才會一直有樂趣。若是一成不變，那不就跟無聊的制服一樣嗎？

大包包給我安全感，銀色錢包為我招財

先是包包。

到底，該怎麼看待總是幫我扛著半個家出門（才有安全感）的包？好吧，我承認，這幾年的小包潮流讓我真心感覺困擾。我是個出門就像搬家的人，隨時想用、想看的東西都得像個「行動房間」一樣緊跟在身邊才行。我是個老派的人，出門會隨身有本最近想看的書、有筆記本跟鋼筆，因為我曾經被突然消失的電子檔案嚇過，所以明知有「備份」這件事，行程還是習慣寫在紙上——字沒特別好看，但用鋼筆就是有「大人味」。

銀色錢包，人家說會招財，所以一秒都不能跟它分開，而且被我用了太久，跟我幾乎爆炸的衣櫃一樣，圓滾滾到不能再胖。另外我還有個習

慣，就是一定把最新收到的小紅包放在裡面，除了等於把祝福放在身邊，也當作必須用現鈔而臨時沒有時候的救急幸運金。

但現在，有些瘋狂的設計師甚至用他們的設計清楚宣告，他們只要時髦女孩帶著幾張紙鈔、信用卡跟補妝口紅，就可以優雅地出門了。某些包包根本就是掛飾，連螢幕大一些的智慧型手機可能都塞不下，意思是——想要時髦，就得把精緻得像手中珍寶的迷你包款，徹底變成裝飾品，完全把功能拋得遠遠的。

我打開櫃子，把被我「珍藏」了十年的迷你小包們挖出來（不要不相信，十幾年前真的也有過一次小包風潮，這樣你就會知道，從來捨不得「整理掉」過季單品、甘心擠爆衣櫥的我，不是不懂「斷捨離」，而是清楚知道「潮流浪去浪回」），唯一能做的，是在出門前，先經歷一下隨身物品的「斷捨離」，重新練習起少帶點東西出門的習慣，讓每一天變得輕快！

時裝混搭平底鞋，又潮又舒服

至於鞋。

對於我這個兩個膝蓋都曾跌傷、實在很難久穿高跟鞋的人來說，這幾年的平底鞋風潮，實在是救贖。而且，正當我已經穿膩芭蕾舞鞋、牛津鞋、樂福鞋等各種款式平底鞋的時候，從路易威登到香奈兒等精品品牌們，就這麼開始在巴黎秀場上，讓身穿自家各式各樣優雅時裝的模特兒穿

起了球鞋，來個混搭……還有什麼比這更讓人腳步輕快的事！設計師當然不是因為聽到我內心的疾呼才這麼做的，而是二十一世紀的女性早就不時興踮著腳尖、搖搖欲墜地等待男人「攙扶」那一套。

女生們要大步大步穩穩地走自己的路。

乖總編說：我穿故我在

有人說，性格即命運，但我覺得，我穿故我在。外在，看似是我們的裝飾，但其實跟我們的人生都是連在一起的——喜歡穿牛仔褲的人，絕對不喜歡繁文縟節，喜歡穿得可愛的人，不想長大；喜歡穿低胸緊身衣的人，對於自己的魅力，絕對比別人多上十倍的信心；穿著西裝外套的人，會想要別人重視他；戴著帽子的人，多少有點自我保護的色彩……這完全不是算命喔，衣著，其實就是我們每一個人心裡的投射。

沒有人不想自己的人生輕快點，那，先從丟掉那件常穿的笨重黑外套開始吧！

時間滋味

你感受過時間嗎？

做媽媽的人，通常都是記得小孩才剛出生……今年他上五年級，十歲了……看著他比出生時多了一百公分，來感覺這十年的歲月。

我則是翻出大學時代的照片，雙頰上清純的「嬰兒肥」、頭髮烏溜溜的……再看看自己現在身上多出來的七八公斤，然後感覺到了二十年的光陰。

也有另一種極端是，剛剛發一條訊息給在北京的同事，她一秒鐘就回我，這一眨眼的效率是一秒鐘的感覺。

但最近，我喝到了時間的味道。這個經驗太美妙，忍不住要跟大家分享。

不久前，因為好朋友的邀請，去了王德傳茶莊，有機會跟研發總監王先生見面聊天品茶。那天，我其實有點不好意思，因為深怕自己是烏龜吃大麥，味蕾笨拙，浪費了好茶。還好王先生開口就說，

喝茶很主觀，每個人的感受都不同，沒有標準答案。

因為自己一直以來都不是個懂得品酒、品茶的人，餐敘時旁邊的人常說：「嗯，這紅酒好好喝。」我卻什麼皮革、土地、風味一律不察，只會傻傻地應聲說「對」。茶，也只喝得出烏龍炭焙的焦香、綠茶的青澀味……，如果是在同一個茶種裡，要想喝出細微的不同處，則完全沒有功力。但那天，王先生先倒了一杯爽口的冷泡茶（我喝出了它因為是冷水、所以沒有釋出一般熱茶的苦味），然後他聊到，其實三四十年前臺灣還是以手工焙茶，不像現在如此的機械化，所以那個時候在茶的發酵控制上都比較憑手感。幾十年下來的沿革變化，他早已喝不到，小時候阿公泡給他喝的烏龍老味道了。

實在太懷念了，所以，他在這一年將「復刻」自阿公老味道的茶，重新以阿公的名字「安尚」來命名。喝下第一口，這安尚烏龍有著我印象中扎實的焙味，入喉之後，我們又聊到了老茶樹。王先生說，接了枝的茶樹就像無性生殖那樣，基因能完全複製，所以每年產出的茶，味道是一致的。但唯有用茶樹子種出來的茶樹，樹根才能深入土地，讓每一片葉子真實吸收土地裡土壤的特質，以產出真正具有當地風味的茶葉……只是，就跟手足一樣，個性也都不一，茶樹之間的風味也會有所不同。此時，我的喉間有了回甘。

正當開心地從熱熱的空茶杯嗅聞著淡淡花香時，王先生從梧桐木箱拿出了另一種茶，「這是同一種烘焙的茶，但存了三十多年。我泡給你喝，看看你有什麼感覺？」當他緩緩從茶壺倒出茶來時，我驚訝地問：「我看錯了嗎？茶湯怎麼會帶著淡淡的紅色？」「沒錯，你看對了。這是茶在茶箱裡，經過三四十年時間慢慢發酵出來的紅。」喝進口裡，雖重了些但依舊順口，「是錯覺嗎？我聞到了梅子香。」

「沒錯，你完全聞到了。如果是五十年以上的茶，你聞到的就會是山楂味。這不是魔術，就是發酵。」我真的沒想到，「時間」喝在嘴裡竟是這樣的味道。再喝安尚烏龍，相形之下，扎實的焙味竟立刻顯得爽朗年輕。

王先生說，這是茶的「熟成」學問。每過十年，抓一些箱子裡的茶葉出來，品味它的變化跟不同——如果能早點懂這件事，早點擁有一箱存茶，我就能把我的歲月喝在嘴裡，感受它的味道了。

據說，經常在同一時間處理很多不相關連事件的人，是失智症的高危險群。而我最近就常感覺自己的腦子裡開了太多房間，注意力很容易就在裡面迷了路。

不知道，是不是因為思緒容易迷路，於是更想抓住時間……

這個時候，我突然想跳 tone 地說句——儘管有天我可能忘了一切，但親愛的，我很愛你（們）喔，只是不記得怎麼告訴你了！

記得有愛

最近人生有了大轉變，說出來可能有人會笑我——自從結婚後，原來跟我一樣同在媒體工作的老公都會送我上班，出門前，我只要打點好自己就好。但最近他轉換跑道，到了科技產業，得從臺北南區趕到內湖打九點鐘的卡，所以我們一起送完小孩回到家，他換裝完畢，八點就得匆匆出門。而我得開始負責檢查、關好家裡的門窗、燈跟無線網路，收完垃圾去倒，有時還要曬衣服，然後自己出門搭捷運或公車，再走路到公司。

我常常在心裡默默地笑自己，原以為辛苦適應「轉換跑道」這件事的人是老公，沒想到十六年後，我竟在生活內容上也默默地從驕慢的公主「轉換跑道」了。雖然，每天早上打點自己的時間變少，但天天搭公車捷運，讓我開始觀察到很多有趣的事。

前段時間，有個編輯同事在會議上報告：「根據某健康單位調查發現，久坐竟然比抽菸更容易致命，會死！所以，我要做個『針對常常久坐的人，必須做的運動』的題目。」總是避開上班尖峰

時間才出門的自己，發現同車的老人真的很多，再加上「讓座」讓我有精神壓力，所以連滑手機都不敢，後來又想到編輯說「會死」，後來就乾脆都站著。

沒了心理壓力，我開始喜歡四處張望，有次，看到一個年輕上班族女孩發生了一件糗事（後來我喜歡把這件事拿來問朋友，如果自己是當事人會怎麼做）。當時，捷運車廂上的年輕人確實比較少，女孩坐在L型座位靠窗邊的位子，旁邊剩下的三個空位坐的都是老先生跟老太太。沒想到，捷運一停靠，又上來一個拄著枴杖的老先生。但，女孩應該是匆忙出了家門，只上了底妝、還來不及上眼妝的她正在畫眼線；她才剛畫完一隻眼睛，這會兒她用還沒畫眼線的那隻眼睛看著一直盯著她瞧的老先生——到底是該放下眼線筆站起來,忍著一眼有眼線一眼沒有的「慘妝」去辦公室,還是乾脆裝瞎,把眼線畫完?當下,她的內心戲應該很澎湃吧!

我當時則想,如果像蓋印章般的眼妝機可以快快發明上市,那,常常賴床到最後一分鐘的上班族女孩們就得救了。

近來也常常開始想關於「老」這件事。真心覺得年紀越大,要製造回憶真的越來越困難了;儘管也有人說,是因為資訊爆炸、腦子沒有停轉空檔而導致的。只是記性真的越來越差,一起爬過的山,女兒可以輕鬆記住山的名字,我卻只在走的當下記得,讀了的故事、看過的電影,記得住的片段也變得很少。坦白說,有時自己會因此很懊惱,但也是有好處的——朋友的笑話我常常可以一聽再聽、一笑再笑,因為我忘性好,笑點低。

看了茱莉安·摩爾主演的電影《我想念我自己》,她原來是個很成功的大學教授,因為得了阿茲海默症而逐漸失憶,後來連自己心愛的女兒都不記得,甚至連電腦螢幕裡的自己都不認得……我想,那種對一切都不復記憶的徬徨無措,應該超級可怕。我希望,如果有一天我真的忘了一切時,還能記得被愛的感覺。而儘管我忘了你(們),你千萬要記得我很愛你喔!

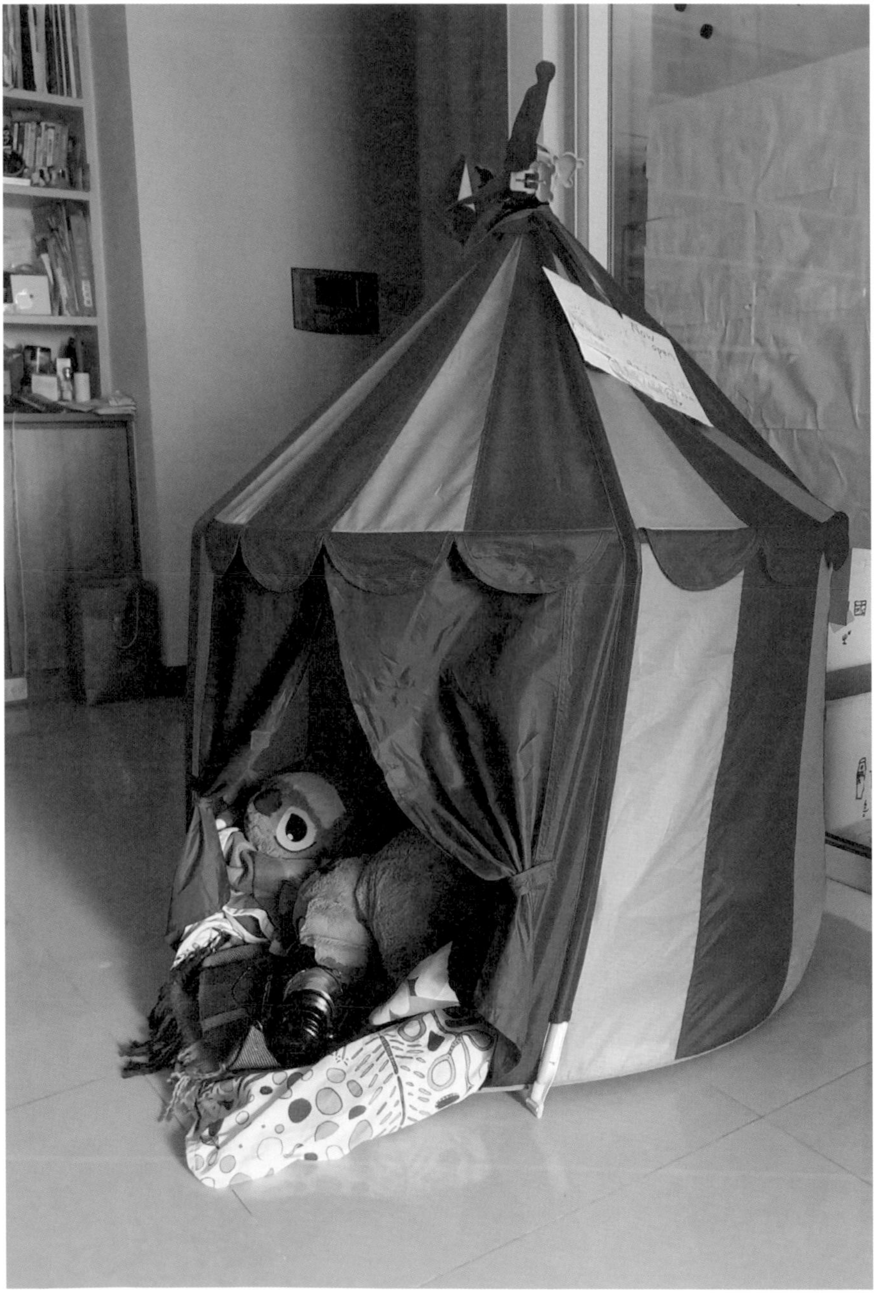

我的熟齡偶像

近來，我心裡有了一位新偶像——英子奶奶，她是《積存時間的生活》這本書裡的女主角，八十多歲。書裡，是長她三歲的修一爺爺跟她的田園生活分享。

我不怕老，但很怕無聊。若說會有點怕老，都是因為想像自己老了，不能像現在這樣工作，那，人生不就會很無聊；而且，不能工作就沒有薪水，這樣不是太可怕了嗎？特別是，臺灣還沒有很完善的退休制度，在電視、報紙等各式各樣的節目、文章裡，總是很愛討論「要多少錢才夠過退休生活」，雖然我不是那種賺多少花多少的人，但想憑著上班族的微薄薪資去累積千萬財富，談何容易。更何況，有多少人跟我一樣，家裡還有嗷嗷待哺的小孩在幫忙花錢……光想到這裡，心裡只有一個念頭，就是：「我不能老！」但人生是公平的，每個人都是一年老一歲，誰也逃不了。

但如果能像英子奶奶一樣，八十幾歲了，仍然過著充滿智慧、知足的簡單生活，老，其實一點也不可怕！

RB

英子奶奶說：「好生活不是用錢可以買的，是用時間積存下來的。」沒有積蓄的他們堅持用好東西，因為唯有好東西才值得傳承給下一代。慢慢累積足夠的錢再去買，這個等待的過程，會讓人更懂得珍惜。

我恍然大悟，原來——用好的東西、有好的品味，不一定得跟存摺裡的數字劃上等號，而是一種懂得物件真正價值的心情。

書的中段，讀到英子奶奶跟女兒的對話。我想，很多跟我一樣是女兒、也是媽媽的人，一樣會感觸很深。

這段文章原來是在說，英子奶奶總是會在不同的時節做不一樣的食物，給女兒跟孫女寄去。雖然不住在一起，但她就是想把味覺的記憶傳承給寶貝孫女，儘管她吃的時候可能感覺不到什麼，但等她年紀大一點、有了自己的生活，就會想起這些味道。

總之，現在的人都很忙碌，這時候總是會想，如果爺爺奶奶可以在旁邊幫忙就好了——「雖然，我們沒有跟女兒們住在一起，但我們的功用還是很大的喔！」

有一次，大女兒很過意不去地對英子奶奶說：「媽，您幫我做了這麼多，但我卻不曾為您做過什麼，真的對不起。」沒想到英子竟爽朗地回答：「照顧過自己的人，總是會先死，要償還是不可能的，但可以把這份心意傳給下一代。償還的對象是小孩，而不是父母親，就這樣一代一代傳下去。」

「所以，你只要把這份心意還給花子（孫女）就可以了！」「真的只要這樣就好？」大女兒的表情像鬆了一口氣。

我就是像這位大女兒一樣忙得團團轉的職業媽媽，而我自己的娘，不像英子奶奶，從沒當過全職主婦，一直都是老闆娘，連我的畢業典禮都因為出國玩而直接跳過，她的人生一直自由得很。但現在七十幾歲的她，反倒每天都得幫我接小孩，準備晚餐，等我晚晚回家吃。就連要跟朋友出去玩，都得瞻前顧後，深怕我沒辦法顧好工作（會喝西北風）。

我心裡其實常常很過意不去，但聽到英子奶奶這麼說，又看到女兒們跟阿嬤有說有笑，甚至可以當小幫手，就不禁想起自己「小時候總是看著好忙好忙的媽媽，幸好還有阿嬤可以黏著」的童年……原來一代一代之間，就是這樣的啊！

歲月如果真能讓人積存出像英子奶奶的智慧，我想我一點也不怕老，甚至渴望早一點老去。

難得人生

我曾在跨入四十歲時說：「我對年紀毫無感受，坦白承認也無所謂，因為覺得自己每天都過得像年輕人一樣，覺得這個世界還很新鮮，永遠都有新鮮事可以做。」所以，過去，我總對老愛把年紀藏在曖昧裡、說自己「永遠二十五歲」的說法嗤之以鼻，這麼說的人臉上打的那些肉毒跟玻尿酸又怎麼說？只是，這種感覺最近似乎進入崩壞的狀態。

引爆點是，積極想幫我做退休規劃的學妹，拿著保險規劃單問我：「學姊，你覺得你會活到幾歲？你覺得你會幾歲退休？」我猶豫著不知該怎麼回答，可能是九十歲嗎？因為那時我已經四十六歲了，也就是過了中場，已經來到人生的「下半場」了，想到這點就感到害怕，因為，任何球賽的下半場都是決定勝負結果的關鍵。

然後，我發現自己也開始像老人一樣，不自覺地開始回憶過往……這對我來說很反常，因為自己的個性真的太好奇，總是不停地被新事物吸引。於是，工作、生活一向滿滿的，時間根本不夠分配，絕少會靜靜地回憶起過去。但前陣子，我經過自己畢業的小學門口，腦子裡竟出現小小的自己戴著橘色帽子，向國父遺像敬禮，向導護老師敬禮走進教室的畫面……，更別說，還曾經在那粉紅色的青春時光裡，默默跟在自己暗戀的男生背後一直走，直到他上車不見了人影。

想到，自己第一次一個人長途旅行——去了紐約，搭著巴士，手裡握著臺灣朋友的美國朋友家地址，準備要去住在陌生人家，展開兩個星期的旅行。在蘇活區外圍的 Bleecker Street 上，有很多像嬉皮的人在擺路邊攤，賣飾品、書等等，拖著大行李的我找不到門牌號碼，還來不及發抖，就看到黑、白各色皮膚的嬉皮們瞪大了眼睛看著我，看不出是惡意還是善意……。兩三天後，紐約朋友交代了一位長得像小叮噹的香港大哥，用他破破的二手車載著我，到路上好像只有壞人跟搶匪的哈林區「觀光」。一路上，他一直跳針式地交代我，不論誰來敲門，都不能搖下窗子。

我最後一個畢業典禮，來參加的不是我爸媽，而是我的乾哥哥跟他女友。為什麼會這樣？記得，好像是乾哥哥覺得我很可憐，覺得至少該送我一束花。然後，我就像飛出籠中的鳥，對於工作、未來充滿興奮之情，竟然就這樣失去了跟他的聯絡。

也想起自己畢業後開始工作的第一個老闆……，我也算是一個很有個性跟想法的年輕人，但不論她交代我什麼任務，我從沒有說過一個「不」字，不是害怕說出自己想法，而是我非常相信她，因為她總是對我很有信心，總是要我去達成看似超過我能力的事。果然，每次勉力完成之後，我總

177
BLEECKER STREET

是學到很多，但一直要到幾年之後，才真的懂得感激。

還記得第一次去歐洲出外景，從巴黎拍到倫敦，但半途重感冒高燒一直不退，還坐上了重症病患坐的那種輪椅，被推到阿姆斯特丹機場的醫務室看醫生。可是那次，讓我好驚豔的是，巴黎女人怎麼連簡單的牛仔襯衫都能穿得那麼有風格好看。

當時在人生半途的我慢慢想起了這些事……，也清楚意識到人生可能不會再有另一個四十六年。想著自己即將體力下降的人生下半場，心底清楚地浮上了緊張感。福山雅治在二〇一三年來到臺灣接受媒體訪問時，說了我很喜歡的一句話：「改變自己的人，不是自己，而是身邊接觸到的人。該對周遭充滿感激！」

如果可以，該加倍珍惜每一個緣分，因為，人生是這麼地難得。

再多懂一點愛

當年在服裝設計系念書，被老師帶到秀場後臺擔任臨時工作人員，然後被要求用最快速精準的速度幫模特兒換裝時，我就認識洪老師（洪偉明）了！但當然，他不認識我，那時的我只是個站在模特兒身後的小小dresser，那時我就想——「秀導」真有威嚴，只要用罵人的語氣發號施令，就沒有一個人敢嘻嘻哈哈、態度不認真。

畢業後入行，開始做時尚編輯的工作，每次在攝影棚秀場遇到模特兒、彩妝師、攝影師，大家總會說說笑笑……而只要一聊起洪老師，幾乎沒有人不「怕」他，所以我也就「怕」他。

一直到幾年後，我被指派到巴黎做「時裝週」報導。那時的主管幾乎是用一種「託孤」的方式，請早有跑巴黎秀場經驗的前輩蘇蘇在巴黎多多關照我。沒想到，我就這樣被蘇蘇姊的一群「超級好朋友們」一起關照了，其中一位就是洪老師。

看秀的空檔，卸下了秀導身分的洪老師，總是像小孩一樣吵著要吃「好吃」的。記得，他說過

自己是上海人，小時候還住過香港，所以「吃」這件事對他很重要……這對當時美食經驗相當貧乏的我來說，總是「驚呼」連連。我開始從過去的「怕」他，一起吃著吃著，就變得一點也不怕他了。後來又有機會一起上節目、做座談……，這才發現身材高大的洪老師，其實，面對人群會害羞，面對鏡頭會緊張，可是只要一談起呂哥（設計師呂芳智）就變得超級包容、超級溫柔。

開始做時尚雜誌時，我陸陸續續訪問過呂哥很多次，常常請他談臺灣的時尚環境或是他當季的作品。呂哥說話的聲音很柔，但個性像藝術家，是個很有堅持的山羊座。還記得有一次，他覺得我的報導扭曲了他的想法，打電話來對我狠狠地兇了一頓，完全不接受我的解釋跟道歉。我只好請蘇蘇姊幫忙傳達，以及再解釋，沒想到，後來接到的不是呂哥的電話，而是洪老師打來的。他跟我說，呂哥最近心情不太好，別放在心上。後來又見到了洪老師，他講起呂哥時，眼睛又紅了，我不知道發生了什麼事，也覺得不該再問。

好幾年前，他們一起創立了 LUHONG 訂製服。我其實不太常見到呂哥，但他透露出了一種過去少見的開朗。每半年一次的發表，我總感覺呂哥更加自信了，洪老師也「玩」得很開心。

有陣子，我幾乎都沒見到過洪老師，更別說是一起吃飯了。突然，有天接到他的簡訊，要我留下十二月六日這天的時間，說這對他很重要。

一直到前夕，我收到了紅色請帖，發現是——凱渥三十週年慶，Dress Code是盛裝。

當然，因為不想被「罵」，所以我也乖乖打扮了。看到端上來的是臺式「辦桌菜」，我一如以往覺得好吃到「驚呼連連」——洪老師挑的菜幾乎不曾讓人失望過。吃得正高興時，臺上主持人高怡平邀請了同樣穿了紅色服裝的張艾嘉跟小燕姊上臺。小燕姊開玩笑地說：「全世界只有洪偉明能讓我們同穿紅色，就像一對紅蠟燭。」突然，她轉向張艾嘉，牽著她的手說：「我代表呂哥。洪偉明，你願意嗎？」然後交換了戒指，切下蛋糕，原來他倆也相知相惜了三十年。

跟一個人一起生活了三十年，還渴望他對你說「我愛你」，渴望他一生相守的誓言，這是一種怎麼樣深刻的愛呢？

我還沒有過這樣的經驗，我相信那份愛一定很深，已經沒有辦法把這個人當作「對方」，因為他已經是自己的一部分了，他的快樂、悲傷全都是自己的一部分，就是這樣深。洪老師、呂哥，謝謝你們，你們讓我對愛終於又再多懂了一點。

愛，不用告別

永別是什麼？恆常又是什麼？看了《百日告別》這部電影，我心裡一直在想這件事。

前段時間，我有個已經在上海發展了十幾年的好同學，說她回臺北設了一個工作室，以後會開始兩邊跑、兩邊住。在還沒有機會見到面之前，對於一直以來專注開發中國市場的她有了這樣的轉變，還以為她的生意受到了「打耆」的影響。但原來不是，她之前就有了這樣的念頭，因為當時她男友的身體狀況不好，她原本計畫勸說住在芝加哥的男友回臺灣治療，順便也讓他把跟二十多年沒聯絡的家人之間淡薄的親情，修補起來。

終於，工作室設好了。但沒想到，堅持回芝加哥處理完工作再回臺灣的男友，醫生非但不讓他再飛行，還要他必須住院化療。一心期盼男友狀況可以好轉的同學，沒想到不僅沒等到他回來，還在臺北街頭接到男友同事通知她噩耗——她站在街頭嚎啕大哭，全身癱軟到被大樓警衛發現，趕緊請樓上她原來要去就醫的中醫診所護士，下來攙扶她。事後她跟我說，那時候她不知道自己在哪裡，

整個世界是黑的，什麼都看不到。她平靜地跟我敘述這件事時，已經是半年後了，我很捨不得地看著她，不敢掉淚。而她看出了我的擔心，於是說：「我好多了，現在已經不會哭了。」

「有件事我沒跟你說過。兩年多前，我因為一個緣分，開始篤信佛教，有一天我不知道自己怎麼了，突然在心裡對著佛堂裡的佛母像說：『佛母，我不像其他朋友那樣，我沒有當妻子、媽媽的經驗，如果你希望我的修行更進步，那麼我覺得人生我應該要懂得更多。』沒想到，一個禮拜後我就遇到了我男友。他離過婚，也非常拚命地工作，因為他跟前妻生的兒子還在念大學。我擔心他的身體時，他就會一直告訴我，他有做父親的責任。

「我去美國參加完男友的告別式，跟他妹妹一起把骨灰帶回臺灣時，他妹妹跟我說本來哥哥跟她商量過，等他回臺灣養病時就要向我求婚，沒想到他沒有回來。

聽完這些話的我，在飛機上一直掉眼淚，心中突然懂了，原來這就是我向佛母求的經歷——我現在懂了對老公、孩子牽腸掛肚的感覺了。佛母知道，他本來就不可能屬於我，所以把他給我，讓我懂得這件事。說真的，以前我們學校的這群死黨只有你結婚生小孩，我們聚在一起的時候，你說起家裡的煩惱，我們能聽懂，卻不能真的感同身受。但現在，我懂了！」

我又再次說不出話來。因為這段時間裡，她內心承受的撕裂般的痛苦，我也一樣只能聽懂，但不能真正體會。

我看著她，發現她的眼神已不再像以前那樣霸氣，反而有種成熟的溫柔。我知道我不用安慰她什麼，這種痛也不是安慰就能好的。人在生命中每段緣分的交會，都可能是一門也許我們還不懂的功課。

你相信靈魂嗎？我相信。親愛的他（她）只是不在我們眼前，而是「往生」了，往另一個我們眼不能及的世界去重生了！我這樣相信著。人的生命確實不可能恆常，但愛一直會在，永遠都在。

真相，那麼近，那麼遠

人生到底是活在別人嘴裡，還是在自己心上？每個人對「理想生活」的定義不一樣，我只問「什麼能給我快樂」；人生很長嗎？其實沒有。

我真心祈禱，我們都能經常感受到屬於自己的美好與快樂。

你是我的天使

謝謝署名「小天使」的你寫來的打氣email，謝謝你喜歡我的每月一念（唸），即使只是些神經快斷線的媽媽經你也不嫌煩，讓我知道自己不是在對著一個黑洞說心事。每個月的〈總編的話〉，確實常常寫的都是我心裡的事。剛剛在手機上讀到一個文字片段——「走入心中理想的生活」，我突然停了下來。想到前幾天一個心煩到睡不著的半夜，我拿著本子，仔細記下自己不同戶頭裡的存款，再把保險到期可以領回的金額列出，再仔細算算，自己到底幾年後可以領勞保退休年金……，然後在另一邊列出基礎生活花費、小孩的教育基金……，腦子裡想著，多年以後，我的專長、專業也許已經不再適合當時的媒體環境，那時我是否有足夠的經濟能力走入「我的理想生活」？

這其實是我自己發明的奇怪紓壓方式，簡單來說，就是給腦子一個「逃離現實的計算題」。但通常到最後，都是越列越迷惑。因為究竟要有多少存款才代表經濟能力足夠，實在很難有標準答案。財經雜誌上建議的生活基本存款數字超嚇人，讓我覺得自己就算打三份工也還是很難達成，但套句盧媽媽的說法—「不要欠人家錢就是有錢人了」，還好，這點我一直做得還不錯。

人生到底是活在別人嘴裡，還是在自己心上？別人唸出我名片上的頭銜，其實並不能讓我有存在感。所謂「理想生活」的內容又到底是什麼？錢，真的是其中的真正關鍵嗎，我試著問自己「什麼能給我快樂」——看到孩子那張從教室往校門口衝、跑向我的笑臉，會讓我很開心；跟哥哥姊姊沒大沒小地打屁，老爸老媽在旁邊笑個不停，我也會笑個不停；老公對我說「老婆，謝謝你」，我會感到很窩心；跟一樣忙得快沒命的死黨大吃一頓、撐破肚子，就會覺得現實跟氣球一樣輕；在辦公室，跟像是妹妹或女兒般的編

輯（她們真的很年輕，我若早婚，真的可以當她們的媽，驚）談起最近的新品跟八卦，氣氛之熱血沸騰，就算我沒搭話也很開心，而當她們提出困難，我能用自己的能力跟角色幫上忙時，會讓我很滿足……然後，我發現以上這些內容裡面只有大吃一頓是需要花錢的，其中沒有什麼「開小咖啡館」的願望，也沒有到「鄉下生活」的幻想；我想，我對離開職場的生活應該還是缺乏了點想像力吧。但我已經決定了，在還有機會愛「她」的時候，我會盡全力愛「她」的。（My dear ELLE，祝你二十六歲生日快樂！）

想到這裡，也覺得自己真好笑；每當一有壓力，竟就拿錢的問題嚇自己，嚇到不知道要怎麼繼續煩惱。所謂「理想生活」，不就是珍貴的當下嗎！對我而言，你看這篇文字時所花費的每一分一秒，也都是我「理想生活」中最珍貴的內容之一——你們真的都是我的天使，謝謝你。

超弱「惡趣味」提案

不論是第一次見面的人或是許久未見的朋友，見到面時若有機會閒聊，他們總免不了問：「你壓力一定很大齁！」我通常都會回答：「嗯嗯，是啊，但也還好啦！」然後就快快轉移話題。因為不想對著不需要知道我煩心事的人，細數自己的壓力；再加上聽說，說太多抱怨容易惡運纏身，因為負面用語會帶來負面能量（禪修相關的書寫道——「人要減少自己不必要的言語，抱怨就是造『業』」）……出於這種深刻的「迷信」，逼自己努力戒掉碎唸跟抱怨這類「妄語」竟然也有十年了！

在一起工作多年的編輯都說：「總編，你超正面的！」殊不知，我心底的潛臺詞是：「因為承受不了惡運，所以一定要憋住不罵，保持正面。」不知道這樣算是勇敢還是懦弱，哈哈。

有一期雜誌裡，編輯精心企劃了超紓壓的「惡趣味」（Guilty Pleasure）專題——阿喜知道自己不該吃泡麵而吃泡麵，所以超紓壓；宅女小紅知道自己不該網購亂買，還是亂買一通。我忍不住想，泡麵，我已經光明正大地在辦公室吃，買東西也沒在客氣的，甚至連壞話抱怨都忍住不說，那，

ELLE
ELLE

到底要怎麼紓壓啊？你可能會覺得，這個總編輯的人生也太黑白了……

但我其實還是有私房妙方的，那就是——默默地請一天假。告訴同事，有事，隔天我就會進公司處理。然後，早上送完小孩去上學，就拎著包包像出門上班一樣，跟在家工作的老公說「拜拜」。神不知鬼不覺的，讓自己恢復單身身分去看場電影（有小孩，真的很難進戲院，就算去了，選項也是兒童版片單），再約全職媽媽好姊妹一起挑個時髦咖啡店喝下午茶，聊天紓壓，不罵人。天黑前，逛個高級超市，推個很大的購物籃，想吃啥想買啥，刷卡無上限。回到家跟他們說，今天，媽媽提早下班為大家準備好吃的晚餐。女兒看到早回家的媽媽就已經很開心了，老公看到兩大紙袋的美食，但看不到帳單，心情也大好。然後，我就開心了！

我這樣的「惡趣味」提案會不會太卑微？《ELLE》對女人說「Be myself」！但我就是個弱媽，就是喜歡看小孩笑，見不得老公臭臉——我不過就是承認而已。

最近更感覺到，若能真實地面對自己，就會感覺到真正的自由。

有時候，我們必須承認，其實自己並不真正地認識、了解自己，甚至不知道自己之所以不開心，是因為根本「誤會」了自己。有次，為了一本針對「臺灣工藝」的專書，我去一個年輕攝影師的棚裡拍了一張肖像照。他們要我預留一個小時的時間，但因為之後我還有約，所以特別提醒他們務必讓我趕得上。到了現場，攝影師因為知道我趕時間，所以已經測好了光，我只需要站到定點，輕鬆

微笑就好。再接下來，五分鐘內按了幾十下快門，然後他要我到電腦前跟他一起挑片。我請他先挑幾張，我再從裡面挑一張表情看起來最輕鬆的。我再問攝影師是否都取到了他要的角度，他說「是」，然後我說「太好了，結束了」，攝影師驚訝地說：「總編，你真的很明快，很有經驗！」但其實不是，編輯生涯中我拍攝過許多人，發現之所以常常有那種卡住、沒辦法順利拍出照片的狀況，都是因為被拍的人期待照相機裡出現的照片，是「心裡的他」的長相，而那個「心裡的他」比起「真正的他」要帥或美上太多倍，於是緊張，於是不滿意，但事實是——相機不會說謊。我不過是對自己的臉沒有過多的想像，所以相機說了算。昨天收到攝影師寄來的照片，很謝謝他，擅長修圖的他主動讓我少了兩條眼下皺紋，我欣然接受。

你想要自由嗎？從長相到個性、能力……都一樣，大方接受自己原來的樣子，就會得到了。

乖總編的中年回望

年紀輕的時候，大家收入不高、口袋都淺，所以，朋友聚會時，都會有默契地盡量各付各的，因為覺得請來請去有壓力，很難約成下一次。但我後來發現，等到年紀大些時，一定要輪流請客，因為大家都太忙了，如果沒有請來請去的壓力或動力，朋友可能好幾年都見不上一面。

最近，就是這樣，才又約成了一個午餐聚會，而話題裡，除了談健康，還有人生的內容。我們都是五十上下的年紀，除了一致同意工作上凡事盡力而為，也終於有了不能太勉強自己的理解。雖然我一直堅信任何技術、個性都是可以磨練訓練的，但不擅長的事若已經不擅長了五十年，覺得不想忍耐的事一樣還是忍不下去，就該知道——不用再勉強！

所以，我們之中有人決定離開自己的工作。

想到她終於可以按自己的步調生活，不禁為她高興。

「小乖，真的不要羨慕我！我也有許多自己的內心戲，只是都拗不過自己的個性。」但我認為，這是個成熟的決定，因為不再對自己有錯誤的期待，也就更可以跟自己好好相處，而每個決定背後當然都會有壓力。人生如果能活到八十歲已算是高壽，「八十」－「五十」＝「三十」，我們已經進入倒數階段了。如何好好經營這段人生，沒有後悔遺憾，其實好重要。

我好喜歡在《我可不這麼想：佐野洋子的中年回望》看到的這幾句話——「你要知道，一個人最好的地方也是他最差的地方。優點和缺點是一體兩面，就像是雙面色紙上了不同顏色，但無法把顏色剝下來。」

事情是這樣，人也是這樣。我們實在該練習更欣賞自己，甚至也更欣賞周圍的人。

做事情拖拖拉拉的孩子，其實很細心敏銳；老是氣你盤子裡的菜沒吃完的媽媽，其實是怕你營養不夠……有一次，大概是因為不久前到紐約出差，時差還沒調回來，再加上睡姿、坐姿不良，肩頸實在痠痛到不行，突然想到，何不來用用前一年給自己買的母親節禮物——紅外線按摩器。正當我舒服地躺在地毯上，把按摩器墊在肩膀下享受按摩時，小女兒突然跑來我旁邊，低頭俯看著我：「媽媽，你是總編輯，我覺得你真的很棒！」「棒什麼？」「你工作好忙，事情好多，壓力那麼大，但是你都還是一直努力，沒有放棄。」

那一秒鐘，我好錯亂，但好感動——這麼小的孩子竟然這麼大方地說出她對我的肯定。但是我每天進到公司以後，除了忙著投入公司交辦的任務，然後就是拚命地要求同事完成團隊的計畫、目

標。好像根本忘記了每個人其實都需要鼓勵，那一刻我告訴自己，我也要學樂樂這樣。

最近迷上做麵包，前提是因為我買了一本《平底鍋烤出香軟手撕麵包》（書名還沒完呢：不需要烤箱&模具！新手也絕不失敗的配方，七十分鐘搞定全家人的麵包！絕不失敗的麵包食譜）。「絕不失敗」這幾個字，對我來說實在太有鼓舞效果——因為我其實不是第一次做麵包，而且每次都失敗，失敗到想去買榮登「最後悔家電」之一的麵包機，當然，一直被老公阻止。

沒想到，「絕不失敗」的食譜真的讓我成功了！退休前，一直都是麵包店老闆娘的媽媽，也在吃過之後給我很大的肯定，還覺得從小沒進過麵包工廠的我，其實有天分。我幻想著也許未來有一天，我們可能會在「乖總編麵包店」相遇。

雖然，人生沒有一本「絕不失敗使用手冊」，但還好的是，「成功」，我們可以自己定義。

你想成為怎樣的「大人」？

我當媽媽的資歷，至今十五年。在辦公室裡，我不只在工作上，連當媽媽這件事相較於同事們也資深不少。

對於新手媽媽同事的興奮之情，還有她們對寶寶未來的人生充滿期待，看在我眼裡，都覺得好可愛。前陣子，又悄悄聽到隔壁部門有個同事傳出懷孕的好消息，我一直憋到滿三個月才敢開口問她。她笑起來的模樣，我感覺到這是她做我同事三年以來能量最足的狀態了，因為過往她的表情雖然在笑，但總帶著一點點緊繃，讓人感覺到有股無法釋放的壓力。我很好奇，她為什麼變得這麼不同？

「是因為寶寶啊！她一知道自己懷孕以後，在那種期待的心情底下，發現自己只希望她（他）能平平安安地長大，不一定要多厲害，有多偉大的成就，平安開心就好。然後從來不給自己好分數的那種『自我要求』，她突然就都放下了，心態突然就輕鬆了。說也奇怪，她一放鬆之後，計畫反而都推進得更順利。他（她），真的是個來點醒媽媽的好寶寶。」

透過跟她親近的同事轉述，她這樣的改變讓我覺得好可愛，也好讓人開心。其實我也常這樣，每當迷惑時，我也會問自己，如果是女兒遇到這樣的難題，會想給她怎麼樣的建議？之後，腦子的思緒常常很快就能恢復清晰狀態。過去這十多年來，我透過孩子，重新學習、看待了自己的人生。

但從來不會不想長大的我，最近，忍不住開始想自己要變成怎麼樣的長輩？

家族裡的長輩一生多半都活在為孩子奮鬥的生活形態裡，而且年紀越大，各方面的自主創造力都慢慢地不如以前了，然後逐漸開始表現出沒有安全感的一面，來到八、九十歲的年紀，情緒甚至很容易就出現憂慮的黑洞，因為感覺生命的盡頭逐漸靠近，心底冒出了各種茫然⋯⋯。

我爸媽在我還小時就常跟我說，女生要會照顧自己，要獨立，才會幸福。我一直都是這樣奉行著的。而當爸爸媽媽越來越老，沒辦法照顧自己，越來越無法獨立時，他們果然就如他們所說的，逐漸無法感受到幸福跟快樂。

我家那帥氣又時髦、現年八十歲的

盧媽媽，最近就常在電話那頭用哀怨的聲音說：「我很孤單……」一開始，我其實很驚訝，而且不知所措。因為盧媽媽在我們孩子心中的形象一直都獨立得不得了，強悍又圓融，天塌下來都能搞定，甚至玩得比我們兇，常常不見人影。

但現在我懂了，該回頭讓媽媽依賴了，就像我小時候一直渴望黏著她、跟前跟後那樣；不同的是，現在的我已經長大了，正走在爸媽說要學會獨立、成為一個真正大人的路上，只是，他們卻慢慢岔開……離開了大人的路，變回孩子……。

又或者，原來生命不是一條直線，它其實是個圓，起點跟終點是連在一起的——無需訝異，能重新被生我們的人依賴，也是生命的另一種圓滿。

盡力就是王道

緊張，真的是一種要命的精神狀態。

二〇一九年五月中旬，我去巴黎參加《ELLE》全球四十五個版本的年度會議，往年都是美英法這類大市場的代表上臺報告市場操作趨勢，沒想到近幾年，亞洲的數位操作發展在全球各版本之中越來越突出，臺灣也名列優等生，所以，我被要求要上臺分享在臺灣成功操作的一些數位影音案例。事前，我寫了一大堆小抄，準備了完整的簡報檔，但沒想到一走上臺，看到臺下滿滿的外國面孔全是來自四十幾個國家的總編輯及發行人，手上小抄一排排的英文字一秒鐘變成了「天書」……瞬間感覺，空氣凝結。本來喉嚨發不出聲音、還配上一張漲紅的臉的我，突然啟動了：「大家好，不好意思，我原來準備好了，可是現在腦子突然完全空白。我來自亞洲臺灣，應該是因為時差的關係吧？天啊，我到底該說什麼呢？」講到這裡，臺下瞬間哄堂大笑，原來凝結的空氣瞬間融化了，我的腦子也突然通上了電。

「大家都笑了！你們應該醒了齁，我也醒了，呵呵。接下來，讓我跟大家分享這支精彩的影片……」我開始往下說這支獨家影片的內容是怎麼企劃出來的，影片主題是古馳（GUCCI）首度在臺灣臺北永康街設置了一面藝術牆，記錄品牌請到的臺灣在地電影看板手繪師顏師傅，如何沒有依靠任何工具，全然徒手畫出圖案的點滴，以及佼哥對他的精采訪問……。那十分鐘的分享，超、順、利。

你問過自己有多怕丟臉嗎？我不敢問，因為上臺機會不少，如果自己問自己只會更緊張。在臺上承認自己忘詞，我想，應該沒有人會不覺得自己「丟臉死了」吧……但沒想到，坦誠，反而是一種解脫。

我突然想通了，會覺得「丟臉」，常常是因為我們沒做到對自己的期待，可是，我們給自己的期待是不是恰當，有沒有過分放大、拉高了？又或者，自覺辜負了別人對自己的期待，但其實別人可能也只是隨口講講？過分期待自己，是壓力，儘管也是動力。

我很喜歡達賴喇嘛講過的一句話：「做得不夠好，表示我們有需要再學的地方，要把它當作機會，不要把它當作失敗。」是不是很棒？——壓力全無，讓人突然從所有的擔心跟緊張裡解脫出來，我們都只要盡力去做就好。一起加油。

飛離焦慮星球

前幾個禮拜有一天，為了幫女兒湊網路書店的「免運」，在網頁上滑著滑著，看到書名叫做《我們住在焦慮星球》的書，完全打中了我最近的心情，於是連簡介也沒看就放到購物車，立刻結帳！

等書到了，打開一讀，光從目錄列出的「焦慮世界裡的焦慮心靈、生活超載、網路焦慮、無眠的星球」這幾個篇章主題，就感覺到作者寫書時，心情焦慮強度指針應該已經壓到了最底限，逼近爆表。

他描述著自己的「慣性焦慮」——焦慮已經約好卻沒準時出現的人，很可能遇到了不幸；焦慮自己的健康，任何咳嗽或紅腫都懷疑是絕症徵兆，總之就是煩惱壽命；焦慮機器人會掌控人類的未來；焦慮自己總是做得不夠好，沒有成為理想的子女、父母、同事……充滿了沒來由的罪惡感；焦慮自己就是不夠好，心裡永遠有填不滿的洞……。

看到這裡，想到他勇敢地把自己的心情對所有人攤開，想像他每一天都沉浸在焦慮的痛苦裡，

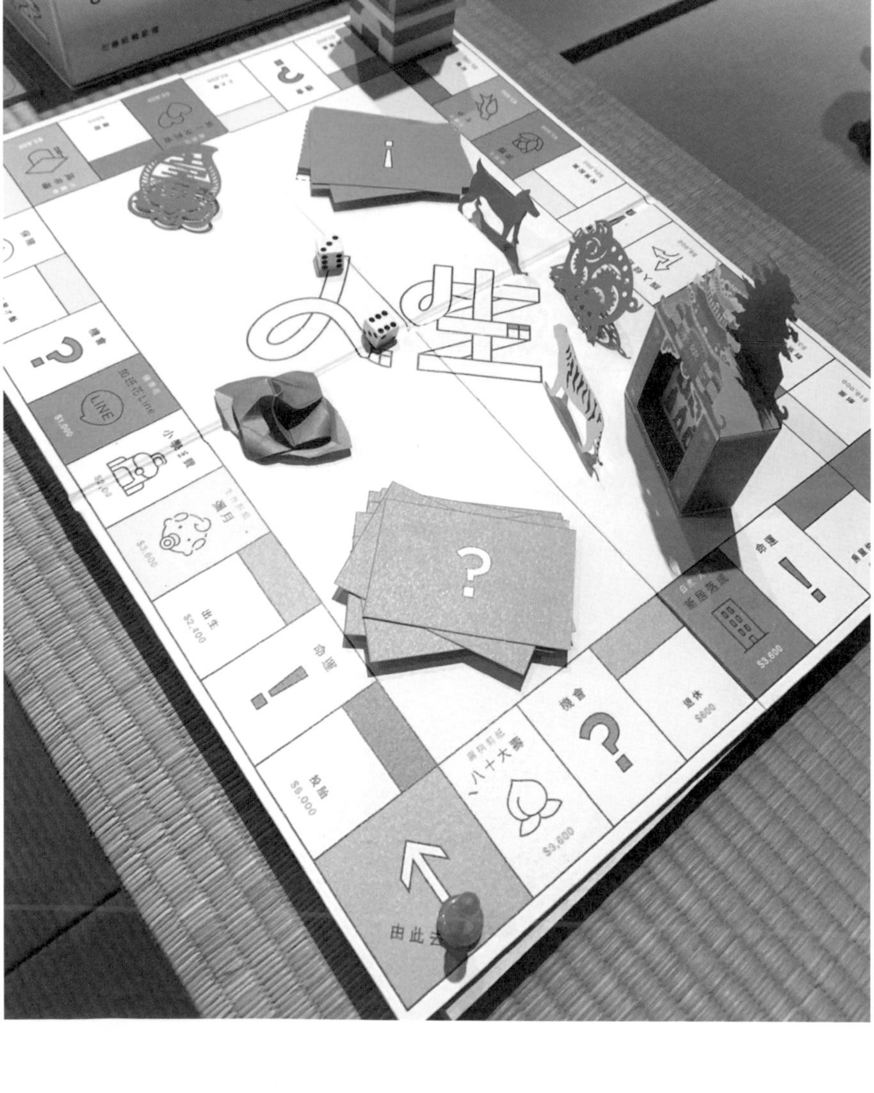
8+ 2~6
由此去
機會
命運
投胎
$6,000
出生
$2,400
退休
$600
八十大壽
$3,600
$3,600

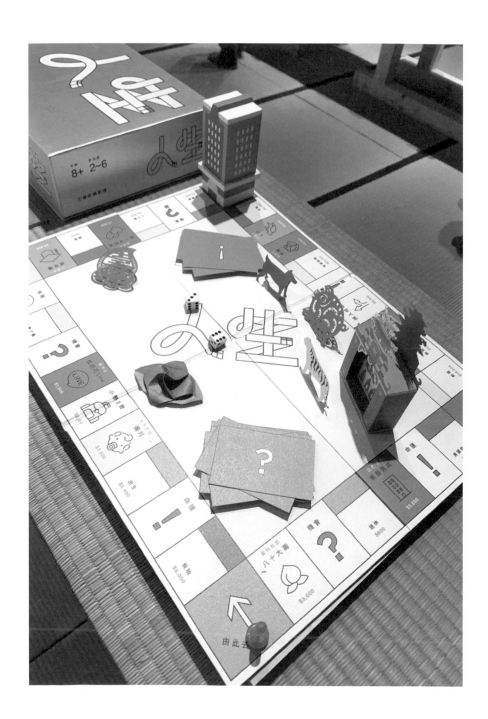

竟開始為他的無助感到心疼，瞬間也就忘記了自己的焦慮痛苦。

突然懂了達賴喇嘛所說的「把自己跟世界連結就是最好的療癒」，原來就是這樣。在這個世界上，其實不是只有你自己獨自地痛苦著、煩惱著，當你能夠感受到其他人的苦惱心情時，別人給你的關懷跟打氣就一樣能產生溫度。

跟著這本書一起「焦慮」了一番後，我忍不住想抄幾個「金句」給大家。

「選擇無限，人生卻有限」——沒錯，現在的世界選擇太多了，一切都因為網路而沒有了時間空間的限制，讓人很容易擔心遺漏了什麼而感到焦慮，但人生是有限的，我們本來就不可能擁有全部。

「我們經常失去信心，是因為總是拿自己最差的一點，去跟別人最好一點去比較」——是啊，不覺得這樣太吃虧了嗎？

還有，「心情不好就是很討厭。心情不好時，還有人說我們沒道理心情不好，想也知道聽了只是更煩而已」——小心，不要用錯了方法安慰人，經常這樣的我甚至因此買了本《恰到好處的安慰》的書回家看，希望自己有所進步，告訴自己以後絕口不對心情不好的人說這種話。

對於正處在焦慮中的人來說，連「活在當下」這幾個字可能都聽來刺耳，難怪作者說：「擔心是個小巧可愛的字眼，發音聽起來像是個能盯著瞧的小動物。但是擔心未來——未來十分鐘、未來

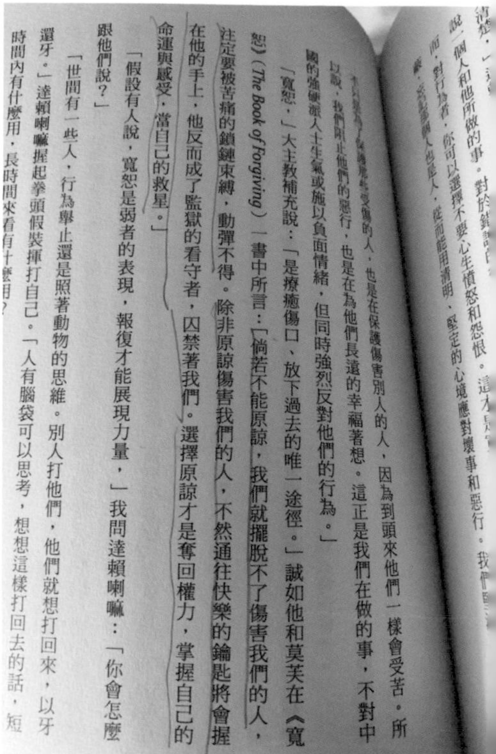
以說，我們阻止他們的惡行，也是在為他們長遠的幸福著想。這正是我們在做的事，不對中國的強硬派人士生氣或施以負面情緒，但同時強烈反對他們的行為。」

「寬恕，」大主教補充說：「是療癒傷口、放下過去的唯一途徑。」誠如他和莫芙在《寬恕》（*The Book of Forgiving*）一書中所言：「倘若不能原諒，我們就擺脫不了傷害我們的人，注定要被苦痛的鎖鏈束縛，動彈不得。除非原諒傷害我們的人，不然通往快樂的鑰匙將會握在他的手上，他反而成了監獄的看守者，囚禁著我們。選擇原諒才是奪回權力，掌握自己的命運與感受，當自己的救星。」

「假設有人說，寬恕是弱者的表現，報復才能展現力量，」我問達賴喇嘛：「你會怎麼跟他們說？」

「世間有一些人，行為舉止還是照著動物的思維。別人打他們，他們就想打回來，以牙還牙。」達賴喇嘛握起拳頭假裝揮打自己。「人有腦袋可以思考，想想這樣打回去的話，短時間內有什麼用，長時間來看有什麼用？

十年，卻是活在此刻，感恩當下最大的障礙。」

我突然想起，前陣子跟小女兒、老公三個人在車上時，老公說他讀到一篇報導，描述日本人已經準備開始將ＡＩ運用在「人力資源的人才管理」方面，未來會將所有前來面試的人的資料經過運算，去判定這是不是個能對公司帶來貢獻的人才，或者一段時間之後能不能跟上公司成長的腳步。判讀後，若答案是否定的，便不錄用。我聽了，覺得無奈又可怕，人的潛力若就這樣被否定，實在可惜。

「怎麼辦？樂樂，未來你們就要跟機器人面試工作了。」「想這些沒有用啦！把握現在比較重要，因為未來是沒辦法掌控的。」小學生樂樂小朋友這樣回答。也許，我們把自己盡量活得像個孩子，就是一切的答案了——我準備把《我們住在焦慮星球》送去捐書箱。

「贏」的感覺有多好？

回想起二〇一八年下半年，那個時候，我家大女兒正面臨高中會考，每天在學校待到晚上九點的她，一回到家，總是不停地在我的耳邊、彷彿渴望紓壓般一直唸著「昨天考輸了誰……今天考贏了誰……某某某把我當成假想敵，每天都在教室說一定要勝過我……」。我感覺自己的耳朵都聽到要長繭了，忍不住在心裡默默幫她想著這可憐的考生生活究竟還要撐幾個月。儘管不太喜歡這樣的談話內容，但我還是不敢對這位好勝又敏感的獅子座少女多說什麼。

不久前，我才聽到一位金融界的投資菁英談起：「有沒有可能，我們都培養出一種『共好』的心？目標不再是你不好而我好，而是你好我也好！」他談的是臺灣商界的競爭文化，我心裡非常非常認同。

我在想，「贏」的感覺有多好，是因為自己表現得太棒了而興奮，還是證明了別人不如自己而高興？而「輸」的感覺到底有多差，差是差在感覺不如別人，還是差在不如自己預期？

在職場奮戰快三十年，我當然理解市場競爭是怎麼回事。多數的老闆通常只允許第一名把自己當作標準，目的是不允許你退步；而第二名當然得跟第一名比，並清楚地告訴你，他就是你的目標……甚至，老闆還會再追加一句「沒道理，別人能做到，而你不行」。我讀過一篇談韓國社會文化的文章，作者分析韓國人是以「恨」來做為前進的動力，也就是來自強烈的比較心。這種驅力多數時候都有效，但會讓人像隨時綳緊的橡皮筋那樣，要嘛終究綳斷，要嘛放掉拉力後也無法回復到健康狀態。

而且這種「排名式比較」還會在我們腦子裡默默注入一種「迷思」——由於第一名通常只有一個，於是我們便以為「你若贏，我一定就是輸」、「你得到，我就一定沒有」，但是金錢、機會、賞識其實並不是這樣有限的，不是你賺到了錢，我就變成了窮光蛋，也不會是老闆欣賞我，你就會是黑名單。

所以，有沒有可能可以變成——「大家共同競爭一個機會時，儘管最後雀屏中選的不是自己，而我們還是真心為當事人高興。然後鼓舞自己再加油，下次繼續努力爭取」？我知道，這樣的價值觀也許過於「佛系」，但只是覺得孩子若能不被排名「綑綁」，心裡應該會少些痛苦。不是不想求好，只是不想她掉入「比較」的情緒泥淖。

眼下，剛好讀到德蕾莎修女的「雖然不是每個人都可以做大事，但我們可以懷抱著大愛做小事」

這句話，我很喜歡，也送給你。很多的小事累積下來，不只你跟我，還有我們的生活，連世界一定都會變得更可愛。

付出愛，不分光與影

「如果你已經四十歲了，就應該了解，你認為對的，可能正是別人認為的錯誤；你所渴望追求的，可能正是別人想要拋棄逃避的。」這是《ELLE》香港版總編輯 Gloria 透過臉書分享給我的一篇部落格文章裡的話。

雖然這句話看似是對四十歲的人說的，但卻道出幾乎所有人都會有的執著——傻氣地想要全世界同意自己，甚至跟自己想的一樣，還經常因此覺得自己受到傷害。

我不禁要超連結一下，如果把這個觀點套入好幾年前風靡過的話題活動「冰桶挑戰」（Ice Bucket Challenge），那麼當時所有的論戰應該都可以終結了吧！

那個時候，周圍確實有人為此反感，認為這個用遊戲方式進行的慈善活動，是在漸凍人病患跟家屬身上「撒鹽」，因此不停地跟活動的支持者隔空論戰。但也有病友的家人站出來感謝這樣的活動，覺得「漸凍人」這個目前無藥可醫的病終於有機會被多數人理解，且募得的款項是過去十七年來的數倍之多。

記得很多年前，有一次見到臺灣罕見疾病基金會的執行長，當時我正想企劃一個關懷生命的封面故事，想邀藝人跟病友一起見面、拜訪，但又很擔心切入角度拿捏得不好，造成反效果。但執行長的回答讓我完全一掃困惑：「真的很開心有像你們這樣的時尚媒體願意一起來參與，因為我不希望『罕見疾病』這個議題只受限於嚴肅的媒體。不論是報導或募款，我覺得投入慈善這件事，應該要很輕鬆、好玩，一般人都可以很容易地參與才好。如果把慈善行動的門檻設得很高，那也就沒辦法引起很多人參與的動機

了！」

所以，那時，當我被超有行動力的《ELLE》前任總編輯、現為美食「愛飯團」團長的心怡Cindy點名之後，我想了想，還是決定要「玩」這個冰桶挑戰。

只是我沒有Cindy強，她是穿上比基尼玩這個遊戲的，我則決定「盛裝」穿上美麗的桃紅小洋裝。被倒了冰桶後，我忍不住哈哈大笑，因為很久沒有這樣開心了，好像變回孩子玩惡作劇遊戲那般，而且在夏天被淋一桶冰塊水真的很爽快，當然也爽快地捐了款，還點名了更多好友來參與。回家後，給女兒看我被淋的影片，她們也哈哈大笑（因為看到每天管東管西的媽媽終於被「整」了），同時也讓我有個機會跟她們解釋這是怎麼回事，什麼是「漸凍人」。

就像日本作家松浦彌太郎奉為座右銘的這句話──「有光就有影，無論做任何事，最棒跟最糟總是形影不離」，我們也不要落入對錯非得要二分法的迷思中，不用改變你原來的想法，但把光跟影子一併接受吧，只要出發點是個善意。

生命是無法承受的輕

你曾經失去過深愛的人嗎？

原來，他還在那裡，跟你說很快要一起去做一件什麼事；或者他每天都在那裡，如呼吸般地存在著，無聲到宛如讓你意識不到的氣息……然後，他突然跟空氣一樣看不到了、不在了，你的心彷彿被撕裂，沒辦法呼吸。

我記得剛結婚時經常這樣想。特別是，跟老公為了些芝麻綠豆大莫名其妙的事賭氣時，每次只要一這樣想，就不敢氣了，原來——我這麼想跟他在一起。

又或者離開的是你。

特別是，為了工作心煩時，就會強迫自己這樣去想。

一開始，會賭氣似的想——「如果我都要離開這個世界了，我還在意這些幹嘛，大笨蛋！」後來，想法會慢慢變成——「如果人生此刻叫停，這些事，我還會在意嗎，或者會是我的遺憾？」

TIFFANY & Co.
NEW YORK
NEW YORK

突然間，生活裡所有事的輕重，就會變得清晰。

原來，密宗稱這為「死亡冥想」。為的是讓迷失的人時時回顧，好好整理自己的心，看清生命的真相。

這樣的語氣還真像個老婆婆，可能是因為我最近在看朋友推薦的《無用的日子》這本書吧——我不是要鼓勵修持，而是覺得常常被人生難關卡住的我們，其實需要這樣的提醒。

有一種說法是，我們要把每一天都當成人生最後一天來過，只是，這也很難……。《無用的日子》是日本知名繪本作家佐野洋子在人生最後兩年裡寫下的生活筆記，所有的感受、描述都很真實。那時，她知道自己因為癌症只剩兩年的生命了，而這明確的人生期限竟成了她多年以來憂鬱症的良藥。

我想說的是，我們經常以為人生很長，但其實沒有；硬要把自己活得很神聖，那倒也不必。書中有一段故事，我看了哈哈大笑，覺得自己如果老了很可能也會做一樣的事。

有一天，某個旅行雜誌的編輯打電話給佐野洋子，希望邀她寫一篇關於輕井澤生活的稿子，但她好好地說明了，她曾經生活過的北輕井澤是一般的鄉下地方，跟對方期待充滿高級休閒度假氛圍的輕井澤是完全不一樣的地方，並推薦了她認為優雅又懂品味的作家來寫，沒想到，對方的回答竟輕描淡寫地覺得這個人不夠大咖。她的火氣立刻上來了：「我問你，你是不是想讓雜誌很時尚？」

「對啊！」「我告訴你，我最討厭所有時尚的事了！」大聲給了對方一聲「對不起」後，立刻摔他電話。掛完電話之後，她喃喃自語：「我的朋友應該會跑光光。如果他聽到我這個最討厭的人的名字，他應該會回答，嗯，就是她。」

然後她苦惱地打電話給好朋友：「我跟你說，我不知道該當一個好老太婆，還是當一個壞老太婆？」「現在還想這種事幹嘛？」「因為我發現自己越來越壞了！」「所以，你以前曾經是好老太婆嗎？」「……反正我比以前更壞了，就像超速的飆車族。」「你在裝什麼好人啊！我從小就被爸爸媽媽說過，從沒見過這麼任性的孩子，所以都活到這把年紀了，才不管這種事了呢！」這種像孩子一樣的老太婆對話，真是太酷了。

有可能跟我會有這種對話的好友，有次提起，三十多歲時，我因為工作而遺憾缺席了原本應該要一起去的西班牙旅行，那時我們許下了「五十歲旅行」的計畫……可是目前還沒能成行。決定了，在死之前，一定要跟好友來趟「佐野洋子風格」的旅行。

真正的大人

最近經常失去耐心，有時是對自己，但經常是對別人，藉口是——實在太忙了！其實，是因為上個週末我看到在眼前發生的一件事，才發現這真的是藉口。

由於突然來了一波有感寒流，這才在暖到讓人想咬冰塊的暖冬中，驚覺小孩冬天穿的保暖發熱衣都已經太小件，得換新的了。商人也聰明，刻意在這個時候為保暖系列祭出特殊優惠。我是很克制的，因為覺得小孩會長大，明年還得買新的，但其他婆婆媽媽就不是了——結帳隊伍裡，兩手各提一個滿滿籃子的大有人在。

突然，某個結帳櫃檯傳出咆哮的聲音：「你怎麼那麼笨，我跟你說大尺寸要分一堆，深色的第二堆，女生的是一堆，我不要一起結，要刷不同的三張信用卡。你聽不懂啊，我趕著要走，你快一點……受不了……這麼笨。（更大聲了）」原來是位五六十歲的太太，對著櫃檯裡兩位結帳店員不停大吼。只見一位帶著同事的資深主管，沒有回嘴，就是一個個步驟地仔細跟這位太太確認商品，

然後刷卡。

我站在隊伍裡，心裡有點難過，第一秒是鄉愿地心疼著工作人員，但因為那是他們的工作，所以遇上再怎麼無理無禮的客人也得要忍耐；第二秒是發現，原來失控的大人是這等模樣。

自己最近好像也變成了失控的大人！

這幾個禮拜，公司內外的會議量、郵件量、工作量暴增，所以忙完以後即便飛快奔到媽媽家接女兒，回到自己家通常已經九點了，孩子只剩一個小時就得上床睡覺。洗澡、吃點心、簽功課、鋪床……我得用比月底催稿還逼人的態度，讓她們完成，然後我才能放鬆。倘若她們拖拉，而那天心裡如果沒有記掛著的工作，我還能盡量用哄的，但通常哄個兩句之後就忍不住了——可是，她們其實好不容易才剛回到家，只不過跟我一樣也想放鬆一下！

看到站在櫃檯結帳的太太對著店員怒吼的那一幕，突然驚覺：「就算是大人，也不能理所當然地把自己當作宇宙的中心，忽略了別人的感受。」

只是，在大人的世界裡，「把自己當作宇宙中心」的表現，並不只有「怒吼」這一種——完全相信自己是對的，沒有商量空間；或者乾脆忽視別人；只要事情不如自己的計畫或期待，就非常生氣；總是發號司令……

你也是嗎？還是，你常常在一個巨大宇宙中心的旁邊，被拖著團團轉，逆來順受？一直以來，我家裡最大的「宇宙中心」是金牛座的小女兒，她一旦怎麼想、要怎麼樣，是很難動搖的，經常可以因為一些固執的小點，搞得全家雞飛狗跳、神經緊繃。但有一晚，她看著我很疲勞的臉，突然捧著自己小小的手掌心，很認真地對我說：「媽媽，來，呼吸一口我給你的隱形空氣，你會很開心喔！」

難道，她的小宇宙也開始有「體貼別人」的能量了？我突然感覺身體裡的緊繃好像溶解掉了。已經忘記是誰說的：「長大，不只是年齡的數字變大，而是要更懂得體貼別人。」小孩長大了，我們大人也更要長大。

想得有點多了，但我想給自己一個期許，要成為一個更能將心比心、更懂得體貼別人的人——變成一個真正懂事的大人。

這樣那樣迷人的文字宇宙

專欄

我的朋友都很有才氣，這點不只我自己這麼覺得，連紫微星盤都這樣顯示，我的文昌星就好好地站在我的「朋友宮」。扳扳手指，總編輯朋友，十隻手指快算完！（驕傲）

達賴喇嘛的智慧宇宙

所以，在朋友圈，我實在不能算是個愛看書的文字人。但不知道從什麼時候開始，我開始會把書讀到爛。年輕時，遇到心慌的事會找閨密訴苦；現在，我會翻翻達賴喇嘛跟屠圖大主教的《最後一次相遇，我們只談喜悅》，而且是隨手翻開一頁去讀，每次讀，都能得到新的體會。

因為過去常聽自己訴苦的朋友都一起變成大人啦，大人的煩惱、壓力都變多了，所以不想給

別人麻煩，自己看看書裡的智慧或喜歡的作家的自白心情，總能找到解答。

最近在讀日本小說家吉本芭娜娜的隨筆《把心情拿去曬一曬》，她說這年頭不好說的事太多了，於是獨自創辦收費版電子雜誌，如今匯集成書。她畢竟是文壇名人，若隨意說出心底話，容易造成別人或自己的困擾。

不思芭娜的心情宇宙

她在自序裡寫道：「這不是詩。算是摘記吧。是散文吧。是訴委屈吧。是對世界的祝福吧。是不斷誕生又逐一破滅的泡沫吧。是惆悵的祈禱吧。是漩渦盤旋著消失在排水溝的靈光乍現吧。我想表達滾水沸騰的鍋中那種小泡沫之完美的心情吧。」一種後青春期的酸澀，我的心也跟著顫抖了一下。

「宇宙隨時都在凝視我們，當我們抬頭仰望便會察覺形貌稍稍有些改變，我們總在互相凝望，和這偉大的事實相較，有太多事微不足道。……如果同樣察覺到自己的無力跟渺小，不妨思考宇宙，因為那是一對一，誠實無偽的面對面。」在這本隨筆裡脫離自己的作家角色，稱自己為

「不思芭娜」的她，這幾句話，卻真的溫暖了我的心。面對宇宙的真實，我彷彿得到了來自外星的能量。

每個人都需要被理解的那幾分鐘，由此不感到寂寞。

而我把我的信念當成宇宙，它始終凝視著我，我也凝視著它。我終將實現它，因此被討厭也沒關係。

含著眼淚帶著微笑

這標題是我小時候一首老歌的歌詞，而最近，我眼睛裡確實常含著淚。

原因很多，其中最無情的原因是因為媒體的數位浪潮，讓我幾乎除了睡覺、走路的時間，幾乎都盯著各式各樣的大小螢幕看。還有一個原因是，出現了一種類似孕婦被賀爾蒙干擾而萌生的多愁善感。

「愛裡面，通常都包含著傷害！」兩個禮拜前，跟許久未見、現在已經成為心理諮商師的老友聊天，她說在心理諮詢學習的這一路上，得到了這樣一個深刻的心得。而這一切，都是因為太在乎——我們常常希望，所在乎的人要更加倍地在乎我們，而且是依照我們喜歡的方式來愛我們，但偏偏對方只會用他唯一會的方式來愛。是他想給的，卻不一定是我們想要的；互相給，互相收，試著妥協，但就是沒辦法剛剛好。於是，傷心、傷害就來了，有時甚至只是一句無心的話造成的。

記得有一次，我催大女兒去洗頭髮，可是她捨不得把睡前僅剩的唯一一個小時（一直以來都配

合媽媽晚下班、晚到家的作息），用掉一半去洗頭、吹頭，所以硬是不去。我因為叫不動她，氣到說：「髒小孩，出去別說你是我的小孩！」我回頭一看，窩在床上看書的她，已經紅了眼眶。

我心頭一震……原來她這麼愛我。我的眼睛也濕了——看似無聊的家庭對話，竟有這麼多感受在裡面。

前幾天，我又被問了一樣的問題：「做雜誌做了二十幾年，你不膩不煩嗎？」而開口問我的人，不是一般讀者，也不是後輩，是跟我差不多從年輕就開始待在這個時尚媒體圈，一樣沒離開過，現在已經變成時尚大叔的好朋友。

我猜，我的答案他應該在某些瞎聊中已經聽過了，因為我的答案二十年沒變過！但最近，媒體圈劇烈的數位趨勢變化，讓他感覺累了，我當然也累，只

是能被這麼多新鮮事包圍，能比一般人先看到先知道的這種感覺讓我上癮，所以我願意累。在無情的數位浪潮中，我發現頭上的白髮像雨後陽光下的小草無情冒出的我們兩人，已經很久沒有這樣坐在一起吃飯了。

席間，他的手機視訊突然亮了！他很不好意思，原來是太太打來的，想讓小孩看看他，當然自己也可以順便看看辛苦的老公。我忍不住也湊過去，跟皮膚發亮的素顏的她打招呼。這樣真的很美好，這種隨時都想看到對方的甜蜜，大概是二十歲前的青春愛情裡才會有的心情，好懷念呀！同桌，沒有人不為他們的甜蜜歡呼。大叔臉上還是帶著尷尬的笑，一邊問著如何預訂這套精彩的餐，因為想帶太太來嘗鮮，但總是想得到滿分的他，還是沒把握自己對太太做得夠不夠，或是對不對？很無奈自己常常會惹太太生氣。

在我看來，夫婦都已經做得夠好了，只是因為都太在乎彼此了，所以才會不安——很感動，眼睛有淚。

這幾天，我的臉書被兩件事洗版。有人在大罵，覺得臺灣被理所當然的超時工作生態綁架；有人在感傷，生命無常，我們都以為理所當然的明天不一定會到來，該珍惜當下。

唉，眼睛又濕了！看著這些貼文，我心裡想：「我們不要都怪自己，也不要全怪別人。想要什麼樣的生活，想要被什麼樣的感情圍繞，其實我們是有主控權的。會無奈難過，全是因為自己的選擇，因為每一個選擇都有代價。如果不想要得到那樣的對待，千萬就不要那樣對待別人。」雖然這句話是扯遠了，但我覺得很重要。

但另一方面，人，其實也是完全沒有掌控權的，因為人生劇本會怎麼演，還有一大半取決於老天給自己的安排，所以，人，也不要把自己想得太偉大了。

還是一樣——不要都怪自己，也不要全怪別人；溫暖一點，這個世界會變得比較可愛。如果你讀不懂這些，那全是因為我眼睛裡有淚！

信念就是你的超能力

「你的偶像是誰？」一個正在念EMBA的朋友說，這是商界某位頂尖經理人面試新人時的必問考題。因為，「偶像」是每個人心底嚮往的投射，把怎樣的人當作偶像，不只能反映出這個人的興趣跟關注，也能感覺得到他的格局是大或小。再問原因，通常就可以聽到這個人對自己的期許。

一直還沒有機會把這個問題用在最近的新人面試上，但先試著問問自己。我的偶像是——動畫大師，宮崎駿。他一直擁有童心，他的動畫故事總是充滿了感情，帶我們思考人生。好、好、好，乖總編知道，說「思考人生」太嚴肅了，但他動畫的故事背景每每讓人眼熟，卻又帶有異國感，那種「脫離現實」的情調實在迷人。

前些日子，陪女兒看了《魔女宅急便》真人版電影（經過改編，劇情其實已經跟宮崎駿原來的動畫版有些不同）。電影從小魔女琪琪跟爸媽約定好出門進行一年的修行開始，但她其實並不知道自己的課題是什麼。媽媽只跟她說：「不論發生麼事，記得都要笑著面對喔！」然後，琪琪就懷抱著未知出發了，她幸運地遇到了麵包店老闆娘，不但得以住下來，還可以在麵包店的一角帶著會飛行的掃帚開起「魔女宅急便」小店。鎮民因為對這個會飛行的小魔女好奇，都紛紛僱請她快遞物品……。一切好像容易又簡單！得到大家肯定的她，甚至對自已的表現滿意到忍不住站在海邊對著天空大喊：「我是最棒的！」

有一天，動物園裡深受鎮民疼愛的小河馬，被一隻失常的獅子咬傷了尾巴，牠開始不吃不喝，生命垂危。大家都很著急，而更加著急的動物看護員在記者去採訪這個新聞時，憤怒地衝口而出：「一定是魔女施了壞魔法，才讓這不幸的事發生的。」沒想到，鎮民就這樣開始跟著毫無根據的指控，懷疑起琪琪，甚至把過去她遞送的物件都退了回來。面對大家的排斥，原來很自滿的琪琪突然不知該怎麼認同自己，飛行的魔法也從此消失了。

故事快轉到，後來動物園園長為了救活小河馬丸子，不顧大家反對，要琪琪幫忙把丸子帶去獸醫住的伊伊那島。看著奄奄一息的丸子，她突然想起一樣是魔女的媽媽曾對自己說：「很神奇喔，如果不夠用心，做出來的藥就沒有效力。我喜歡做的事就是製藥，因為藥可以幫助別人，所以一定要相信自己的信念。」於是她鼓起了勇氣，跳上掃帚，竟然就把丸子帶上了天空，順利地飛到伊伊那島。

是啊，很多時候，我們都把自己寄託在別人的認可裡，但別人的認可有時是盲目的，甚至是主

觀而且不可掌控的。只有自己清楚自己的信念，才可能全力朝目標前進，你的能力才能像琪琪的魔法一樣，專心致志地全力發揮。

後來，石醫生看著丸子，說：「牠得了『中心點不明症』！」「這到底是什麼病，不是只是尾巴受傷嗎？」「中心點很重要，那很可能是牠的生存標誌。當找不到自己的中心時，甚至可能連自己是誰都不知道。」在這卡通般的電影裡，沒有嚴肅的治療，石醫生隨手找了一個舊懷錶掛在丸子的尾巴上，當作丸子重新找回了「中心點」的治癒寓意。

其實，石醫生所說的「中心點」，不就是「信念」嗎？

很久以前，我就開始意識到自己非常需要「它」，只是從來不知道怎麼去準確描述「它」，石醫生的「中心點」說法，實在太到肉。

不論是誰，在工作或生活裡，都一樣會感覺快樂或痛苦，都會面對令人興奮或難以忍受的部分……。很多人可能會在某些時刻問自己，到底是「為了什麼」而要繼續努力？但只要有中心點在，不論遇上任何讓人想放棄的打擊或岔路誘惑……，自己都會知道該怎麼選擇。

「空蕩蕩的心，是唱不出好歌的！」這是電影裡失去聲音的歌姬，在失意時對琪琪說的話。每一刻都有人面臨著很重要的全新開始，在心裡裝滿堅定的信念，往未來出發吧，祝福你。

三百歲待辦事項

按照人類醫療科技的進步速度，人類絕對可以更長壽，未來，新生的寶寶要活到三百歲應該不是問題。可是真正的問題來了，如果真是這樣，人還是二十歲成年，三十歲結婚生子，六十歲退休嗎？那，原來多數人一輩子的婚姻生活最長大概六、七十年，如果活到三百歲，婚姻生活不就變成兩百多年了，可是跟同一個對象可能嗎？會不會膩？如果一生是三百歲，那，退休又該是幾歲？……人生好像可以重新規劃了。

有一次，我們邀請是設計師、也是概念藝術家的創意人王艾莉，擔任雜誌裡「環保專題」的客座編輯，在天馬行空的見面聊天當中，她講到了這個話題。

對於近來我這幾乎呈現當機狀態的腦子來說，簡直是把想像力重新開機了！

天啊，三百歲，我多了兩百多年的時間可以用耶，要把這些時間拿來做什麼好呢？——先讓自己睡飽一點好了，據說，睡眠是修復身體機能最好的方式，這樣才可以維持健康到三百歲；多安排一點時間跟朋友見面吧，只用通訊軟體給對方貼圖，這種感情交流實在很空虛；不慌不忙、好整以暇地把買了一櫃子、卻一直都沒時間玩的毛氈、刺繡等工藝材料，拿出來一樣樣試；多學幾樣拿手菜，小孩才不會抱怨我們家開伙時，空氣裡都沒有飄香；硬是把從來不運動的媽媽，拖出去健走；把買回家的雜誌跟書，從頭到尾看完；把滑手機這件事，跟吃飯、看電視、聊天分開，絕不重疊；照顧好一個菜園或種活一棵櫻花樹；學會煮出最好喝的咖啡。

這些簡稱「三百歲事項」的願望列到這裡，我發現——自己應該是生活失衡了，怎麼心底渴望彌補的，全都是休閒時刻裡才能做的事。我忘記了要好好生活，難怪最近一直感覺腦子很枯竭。我

常一有機會就提醒編輯要好好生活，才能編出好看的雜誌，但近來自己卻完全忽視了這一點，真不應該。

「每一天，這個世界都會拽著你的手，大聲說：『這個很重要！這個也很重要！還有這個也很重要，你要為這個多操點心！還有這個！還有這個！』但每一天，你也可以決定抽回你的手，把它放在你的心上，說：『不，這個才重要。』」這是我從美國重要網路媒體《哈芬登郵報》創辦人雅莉安娜．哈芬登（Arianna Huffington）的書《從容的力量》節錄下來的。

看到這幾句話，心裡真的很有共鳴。身為忙碌的職業女性，我們一直想著要清空待辦事件、收件匣……，就像急著想把漏水救生艇裡的水往外舀那樣，但它們卻還是不斷湧進來。

我的「三百歲事項」，每項看來都很美好，但在這麼有限的一天二十四小時裡，我想很多還是只能當作願望吧。我回想到了一個畫面，我和當時五歲的小女兒站在外頭下著雨的騎樓底下，等老公的車子來接我們。背後的餐廳正播放著節奏明快的日文流行歌，我忍不住牽著她，也不管路人的眼光，就那樣跟著節奏一起搖擺，她笑得好開心，我的心也跟著笑了。那張可愛又興奮的臉，在那幾分鐘裡，就是全世界。

不管能擁有多長的人生，真心祈禱，我們都能經常感受到屬於自己的美好。

快樂不難

太忙，很少想起往事，最近卻正巧有機會見到幾位老友。先是小時候一起長大的玩伴從溫哥華回來探親一個月，面對面看著十幾年沒見的她，覺得好懷念。從小，我們兩家只隔著一道牆，我們兩個人的媽常說，我倆比親姊妹更像姊妹。她的生日只比我早兩個禮拜，我們出生後沒多久就看到對方了，會走路以後幾乎都黏在一起，直到青少年時期因為興趣分岔，她學音樂我學設計，生活圈才開始漸行漸遠。雖然如此，她只要想找我說話就會走上頂樓，要嘛跳過矮牆直接打開我家頂樓的門，不然就走到陽臺，站在我房間的窗戶外面嚇我。

她，是我所認識的人裡面脾氣最好的一個，從嬰兒時期到現在，我真的從沒看過她生氣，反倒是我每天都在生氣，覺得這個不好、那個也不好。所以，以前我們聊天的時候，多半都是我一下抱怨老師，一下抱怨同學，而她永遠都笑笑地聽我說，然後安慰我：「沒關係啦！」所以我只要心情不好時就會黏著她，印象中，小時候我們幾乎每天黏在一起，難道，我每天都抱怨得沒完沒了嗎，哈。

這麼多年沒見，發現她的話變得比我多好多，但還是一樣笑嘻嘻的。我問她好嗎？她笑著說自己離婚了，還說：「你有兩個女兒喔，記得，女孩子千萬不要脾氣太好。像我姊，從小兇巴巴的，配了個老是笑笑的老公，脾氣好，人又體貼。像我，就是太有自信自己脾氣好，不可能會有處不來的人。當初急著想嫁，去了婚友社認識了我前夫，交往三個月就決定結婚，沒想到婚後才是災難的開始。我從來沒想過會遇到這麼自負、自私的男人。我還記得，曾經挺著懷孕的大肚子一教完鋼琴課，就趕回去煮晚餐給他吃。他竟然只看了一眼就大罵，說那不是他要吃的菜，轉身就走，連一句體貼安慰的話都沒有。一直拖到前兩年，我覺得該加強孩子的語言能力，想帶他們回臺灣學中文，他竟說我沒經過他同意，要告我誘拐。我才終於清醒了——這個人，還是只想到自己是不是發號施令的那個人，真的沒辦法再這樣過下去了。」我因為還要趕回公司開會，不得不結束聚會。臨走前，她又說了一次：「記得喔，女孩子不要脾氣太好。呵呵，我要回我姊家幫我姊準備晚餐了。」她還是一樣沒變，總是先體貼著別人——看似對十多年痛苦婚姻生活一笑置之，其實是不想我跟著她難過吧；這麼溫柔的人，卻沒有得到該有的幸福，也許人生真無道理可言。

前兩天的午餐，跟另外一個朋友見面，雖然不是十多年沒見，但也真的好久沒有好好坐下來聊天了。餐廳頗高級，服務卻跟不上水準，老是打斷我們的談話，一下收杯，一下收盤，點餐上菜也一團亂……這要是過去的她，老早就發脾氣叫經理來了。可是這次，她毫不動氣，就顧著欣賞好吃的食物，彷彿眼睛裡只看得到美好。生過一場大病的她，對人生的新體悟是：「我覺得，有一種人最輕鬆幸福了，凡事都只從自己的角度出發，萬一他有痛苦，都是因為別人對他做了什麼，從來不找自己麻煩，很輕鬆地就原諒自己。」

把這兩位好友講的話放在一起想著，我忍不住笑了，一個是「從不怪別人」，一個是「覺得，人，凡事都不該怪自己」。簡單地這麼說好了，就是——誰都不怪。放輕鬆，別老是追根究柢是誰的錯，是啊，快樂不難。

談幸福

最近，迷上《尹食堂2》，這是四位韓國明星到西班牙加拉科奇島體驗開餐廳的韓國實境節目。先是這個海邊度假勝地的景色實在太迷人不說，每次剪進去畫面裡的海岸線、金黃色的夕陽總是美到我流口水；再加上明星們認真地採購、備料、煮菜、招待……，每看一集我都想要吃韓式雜菜跟拌飯，甚至瘋到在冰箱裡已備了一桶從韓國店搜來的好吃泡菜，可以隨時解饞。

節目裡，從丹麥人到德國人等來自各地的遊客無不驚豔地品嘗著韓式炸雞、拌飯、糖餅等等，實在不得不佩服食物的感染力真是驚人；還有人用手機翻譯軟體查了「謝謝」、「很好吃」的韓文，來表達他們體驗異國食物後的超興奮之情。然後慢慢的，當地居民也開始來光顧了；有次，甚至連一家西班牙料理餐廳全員都來到這裡聚餐，因為太喜歡這些辣辣的韓式食物了，所以不停地追加點菜，甚至討論起是否該去韓國一趟，然後又不停地追加泡菜煎餅跟糖餅……，吃到讓這個韓式廚房組合已經累到想拜託他們不要再點了。就在全然的享受、逐漸喝茫了的當下，這群在西班牙餐廳工作的客人在餐桌上最後的話題竟是——「幸福的定義」。

鬍子帥哥廚師開口了：「對我來說，就是每天無憂無慮地醒來。」同事接著問他：「所以，是指平順的人生嗎？」「在廚房工作，日子怎麼可能是平順的！」一旁的餐廳老闆說話了：「不是平順，那是安定。」

鬍子帥哥接著又開講：「對我來說，幸福的標準從來不是錢。因為即使一個月賺四千歐元，也會有人不快樂。我幸福的來源，是我身邊的

人。」抛出這個幸福話題的長髮女生也接著說：「嗯，某一瞬間如果發現周圍的人一個個都不在了，或者總是一直都在那裡的人不在身邊了，那，真的會非常寂寞，很難受。」他們的短髮老闆娘也接口：「我認為的幸福不是有房、有錢、有車、養狗，是身邊有著感情的這一切。活到現在，我也經歷過這種寂寞，我的人生不是一帆風順，走得很艱辛，也許這也成為了我未來的動力。所以，我會對別人說，要好好抓住這種重要的瞬間，並好好收藏。對自己來說不需要的，就扔掉；其實，我也有過那種當翻過人生那一頁時，根本不想看、只想用釘書機釘起來的那種時刻。不這樣，就活不下去了。」

看到這裡，我已經不想吃韓國菜，反而想去西班牙了——好喜歡他們這種真切跟坦率的態度。我應該不算是個太壓抑的人，但這樣的對話，好像就是不太可能像他們一樣在輕鬆聊天之中就說出口。

想起，最近剛好也有幾次機會跟不同的人聊到「生活裡的安逸感」這個話題。「大城市的人有太多不安了，因為有許多外來的人來這裡尋求機會，而機會又明明這麼有限，於是產生了激烈的競爭，也有隨時會被取代的危機感。所以，城市裡的人身上那種很可能會面臨匱乏、無法解除的壓力感，很大！」這些話，是一位上海東華大學教授談起現在的上海、北京時，所說的。

然後我又看到電視畫面裡，好美的海浪打上了加拉科奇島的海岸；接著，畫面切換到居民推著

流指標……；而為了與其他百貨有所區隔，他們更以培育新一代設計師為重要目標，不只純粹是因為使命感，而是認為在汰舊換新風潮如此之快的百貨市場中，擁有新鮮創意的潛力年輕設計師，很可能就是商場未來的重要明星，能為他們吸引人潮，帶來商機。而且，現在的 PARCO 更不只將資源投注在日本新銳設計師身上，還把亞洲新銳設計師都當作他們培育的範圍，希望自家百貨公司可以變成展現亞洲新銳創意的舞臺。

就一個以「坪效」衡量一切的商業單位來說，能把眼光放得這麼遠，我真心除了佩服還是佩服。

而在種種精彩的

歷史及企劃分享之後，現場還特別安排了一位時尚策展創意企劃和一位時裝設計師接受訪問。特別是，看到設計師融入了會隨溫度而變化顏色的科技布料時，現場媒體來了很大的興趣，大家開始你一句我一句地提問。先是有人問了：「你是怎麼想到，可以用溫感科技布料來創作的？」大家在耳機麥克風裡聽到的翻譯回答是：「服裝是一個深奧的哲學，創造是邏輯的中心。」有人又問：「你想過進軍國際市場嗎？」我們透過耳機麥克風聽到的回應是：「開創是必須的，但自我的成長是一切的中心。」……經過了半個小時的提問，媒體還是一頭霧水。對談結束時，有些英文媒體已經迫不及待地要離開現場，我聽到她們之間悄悄地耳語：「又是一個完全不知所云的半小時，翻譯到底在做什麼！」其實，這也是我心中的疑問。

直到最後一晚在居酒屋的歡送會，我跟中文翻譯野村小姐面對面坐著，喝著冰涼的啤酒，終於能輕鬆地聊聊天。我問她，這次的翻譯工作會不會很辛苦；中文非常好的她說：「其實不辛苦，但因為這次負責翻譯的很多訪談對象是設計師，還有百貨、政府的官方單位，所以在翻譯真正的內容之前，必須加入很多很多的『敬語』，所以得多說很多話。而且日本人說話方式是很不直接的，回答問題會繞來繞去，特別是設計師總是回答得很抽象，翻譯起來有點吃力。你們是不是會有點不懂？」我直爽地說：「是，覺得都沒聽到針對問題的真正回答。」野村小姐笑了：「我知道。有種解釋是這樣的，日本是地稱人密的島國，人跟人之間距離很近，因為擔心態度太直接會造成彼此的摩擦，於是就慢慢形成了這種迂迴的說話方式。」

沒想到，我竟然就這樣發現了日本設計師對應國際世界時，最大的困難——這迂迴的說話方式，雖然是完美的保護色，卻也讓多數需要直接答案去理解作品的外國媒體，不得其門而入。我的感受很多，知道用設計做成一門生意是漫漫長路。

而你關心臺灣自創品牌嗎？十多年前，「時尚設計新銳」（Fashion New Talent）原來只是《ELLE》編輯部認真企劃出的一個專題，想的是要把臺灣時裝領域中很有熱情卻缺乏資源的設計新鮮人，介紹給讀者認識。自那以後，《ELLE》支持新銳的想法從沒變過，謝謝同樣非常關心臺灣設計能量、願意投入資源的單位，與《ELLE》一起將這個企劃轉變成設計師可以爭得「事業獎金」的大賞。

期待這群熱愛創意的年輕新銳們，終能成為臺灣設計未來的光！

蔦屋書店
TSUTAYA BOOKS
蔦屋書店
TSUTAYA BOOKS

Seivson
309
Seivson
TAIPEI
FASHION
WEEK
SS20

來挺年輕人

你是不是曾經這樣呢?——突然對一切失去信心,原來覺得對的、有把握的事情,突然都不確定了。那一瞬間,世界崩塌,覺得所有最壞的狀況都會發生……這種「惡魔瞬間」,超黑暗的!

這種心情真的很棘手,真的不是別人說句「加油」,就能重新鼓舞自己。

讓我想到,當小孩說「我數學不會,我最差了」,事不關己的大人總會說「不會啊,你沒那麼差」,但其實根本什麼也安慰不到。

說也奇怪,這種心情我很有經驗,只是周圍的人不一定知道,因為我發現聽的人會跟著擔心,但他們任何的意見或鼓勵,其實都無濟於事。所以,在面對這樣的時刻,我反而不太想說話,儘管一樣會皺眉頭,會睡不著。

我後來發現,有一個方法用來對抗這個「黑暗心魔」竟然很有效。通常,人之所以會突然信心崩塌,是因為對這件事有太強烈的「得失心」,覺得它非成不可,但這個「非成不可」是誰說的

——任何事都少不了「天時地利人和」，而「人」只佔其中一小部分，所以怎麼可能自己一個人就能說了算，我們不過是這麼多相關的人之中，其中的一個。由於太渴望促成一件事，盡全力去做當然是絕對必要的，但必須清楚，凡事不是盡了全力，就一定可以得到自己想要的結果。

每當我自己跟自己再次釐清這個想法時，心裡就能輕鬆一大半。這時我會再告訴自己，所有事情的發生跟結果都有理由，若已經在可能的時間跟條件下盡了力，那，心就應該要放下，接受無論是怎麼樣的結果。挫折發生，是為了讓自己知道該學的是什麼、不足的是什麼。若結果讓你必須選另一條遠路，其實最終都是為了讓一切得到最好的結果；若覺得不能承受這樣的結果，那就是誤以為自己已經是最完美的，所以根本沒留下出錯的空間給自己。

我清楚記得二〇一七年年末曾為了一個大企劃煩心。當時，「新銳力量」（Power of New Talent）是個已經持續了八年的project，可是因為那年公司內部實在有太多新計畫要做，導致差一點被高層決定取消，原因很簡單——媒體的仗打起來非常激烈且辛苦，而這個project不只花人力還要花現金，完全要靠熱情跟認同來支撐，絕不是門能為公司賺到錢的好生意。所以，要考量現實狀況的優先順序時，它就很容易被往後排了。

收到這個訊息的當時，我人在倫敦，很著急，覺得使不上力。「理想」跟「現實」哪一個比較重要，我當然知道，不用到現在這個年紀早就懂了。難過了一會兒，我跟自己說：「若這群新銳真該被挺、真需要《ELLE》，那，這件事就會有轉機。」過了四天，我回到臺北，就聽到文化部願意支持這個活動，雖然還有三分之二的資源我們得自己想辦法，但可能性已經上升了一半。

我希望多數時間幾乎都停留在網路上的年輕人，也來「關心」、來「挺」臺灣的新銳創意。所以，當時硬是顛覆了時尚雜誌採用的明星封面，找了網路影響力爆紅的「這群人」跟阿翰，來到雜誌裡跟大家說「年輕人來挺年輕人」——他們來了，穿上新銳設計師的衣服，挑戰時尚雜誌的拍攝極限。

我盡力了，《ELLE》團隊也盡了全力。

年輕人，未來是你們的，期待你們的才華讓我們的世界變得更美好。

ELLE TAIWAN DECEMBER 2017 NO.315
POWER
ELLE
2017 DECEMBER
12月號
年輕人挺年輕人!
POWER OF NEW TALENT 2017
張鈞甯 療癒時刻
斯學做菜
常珠寶
羅提示個人愛情, 工作, 健康…
17/11/28 下午8:25

ELLE
TAIWAN
http://www.elle.com.tw
她雜誌
建議售價 NT.200
本期特價 NT.128
這群人, 阿翰 穿上台
隱藏版VIP美妝服務.
派對穿搭閃亮祕訣.
2018星座全球大預

夢想終究能找出活路

很艱難嗎？

得殘忍地告訴你實話：「這世界上，哪有容易的。而且常常很努力了，卻不見得能立刻感覺到這些努力產生了什麼價值，甚至可能根本白費工夫！」這樣的對話，其實常常出現在我心裡。但我總是跟自己說，確定自己的初衷正確就好。

這麼多年來，《ELLE》一直把支持臺灣新銳設計人才，當作自己的

理想跟責任。這是因為真心覺得他們的未來，就是臺灣設計的未來，只是資源沒有很多，而且每年的狀況都不一樣。

二〇一八年這一年很幸運，《ELLE》得到了一個可以將年輕設計師帶入不同領域的跨界合作機會。

當時，統籌策展的Agi說想來跟我聊一個好玩的project。原來是故宮博物院與中華文化總會，要在故宮南院舉辦一個「跨界文化之夜」，想大膽嘗試將光雕藝術、嘻哈音樂與時尚時裝三個不同領域組合在一起，讓不同領域的創作人共同激盪出屬於臺灣新世代的創意模樣，所以想問問一

直跟臺灣設計師親密合作的《ELLE》是否可以一起參與?在還沒完全搞清楚狀況時,我就一秒答應,心想可以有推設計師一把的機會,一定不能放過。

後來聽說,這個活動還有一位總顧問黃子佼,就更興奮了!佼哥跟《ELLE》一直有著密切的默契,幾乎雜誌每年的慶生活動都是由他主持。第一次參加在故宮舉行的統籌會議時,我除了因為沒注意到會議時間提早了而遲到,慚愧地心跳得好快之外;席間,坐在我旁邊的佼哥還大膽提出,建議從原來僅一個晚上的展演,變成讓《ELLE》將所拍攝的設計師作品影像延伸做成攝影展,而藝人身穿設計師服裝拍的照片,在活動結束後立刻放上網路平臺義賣,再把所有善款都捐助給嘉義慈善團體聯合協會……滿場這樣熱血的氣氛,更是讓我脈搏加速。

過往,每當我想到要做任何跟新銳設計師有關的企劃時,總是得拖累已經忙到快沒氣的同事幫著我一點一滴找資源。二〇一八年那次能在故宮跟文總的大傘下,為「嘻哈故宮」專心做好時尚策展的事,實在覺得又幸運又感激(默默許願能年年持續舉行,因為能量是需要累積的)。

在籌劃的過程裡,我還知道了兩件很讓我感動的事。由於活動牽扯到不同領域的創作,溝通很複雜,所以,我一開始就打定設計師人數不能太多的想法;在知道了表演分成四個段落以後,便決定只邀請四位設計師,讓他們可以在自己所屬的段落中完整表現……我腦子裡有一串名單,但是多數是男設計師,我期望一定要加入一位女生,以沖淡陽剛氣息。

那個時候，我想起了多年前《ELLE》第一次做新銳設計師報導時，名單中有位 Lingo 林果，我喜歡她作品裡多層次的細膩材質運用，於是約了她碰面聊。事隔多年好久不見，我問她好不好？沒想到，她一開口竟跟我說，是《ELLE》把她拉回了曾經放棄過的時裝事業。要不是幾年前有一次我們邀請她回來參加《ELLE》跟 Mercedes Benz 合作的「時尚設計新銳大賞」（Fashion New Talent Award），在那個現場，她覺得自己心中對時尚的夢又重新被點燃了，一定不能辜負我們的一路支持，於是重新出發，用本名吳若羚 Jolin Wu 讓大家認識，幾年之後的現在已經開始到巴黎、上海接單。只是，時裝界的挑戰不會停止，她最近告訴我，她需要再停下腳步重新整理自己。

然後另一個感動是佼哥。他說：「我主持過無數場活動，一眼就可以看出來每個活動的真實目的。幾年前，

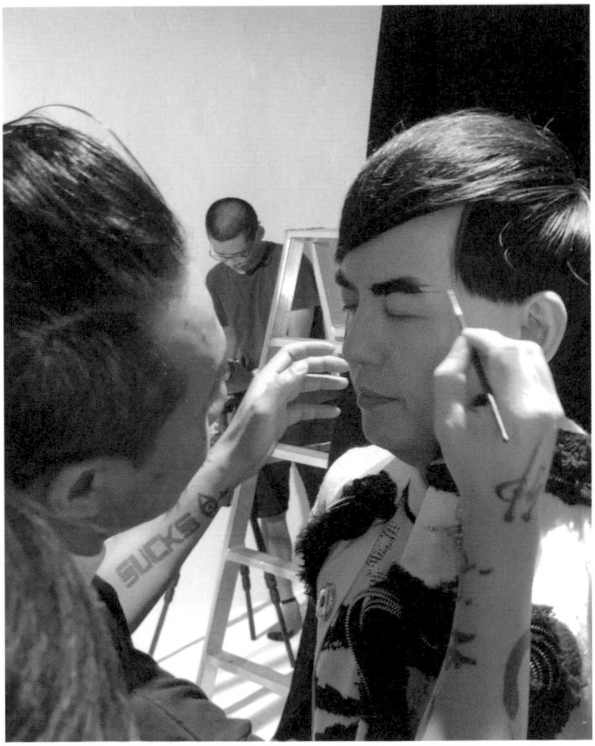

你們要我主持的那場新銳大賞，我真的被你們感動了，我看得出來《ELLE》是真心在為設計師找機會。所以，從那時候開始，我只要有大型的主持活動，都會自己去買設計師的衣服，希望能讓他們的作品多點機會被看到。我們有相同的磁場，才會一起被『嘻哈故宮』這個活動『吸』在一起，一起做這件大事，呵呵！」

其實，就在辦了那年的「時尚設計新銳大賞」後，因為合作夥伴有所變動，所以沒能延續下去，能頒給設計師一筆「事業獎金」的大賞形式就暫停了。多年後，能聽到過去辦的這些活動所帶來的一點點影響，相信任何參與其中的人都會覺得辛苦堅持很值得。

不論你或我，情況總是艱難，資源總是有限，但我相信，只要一本初衷、絕不放棄，夢想終究能找出活路。

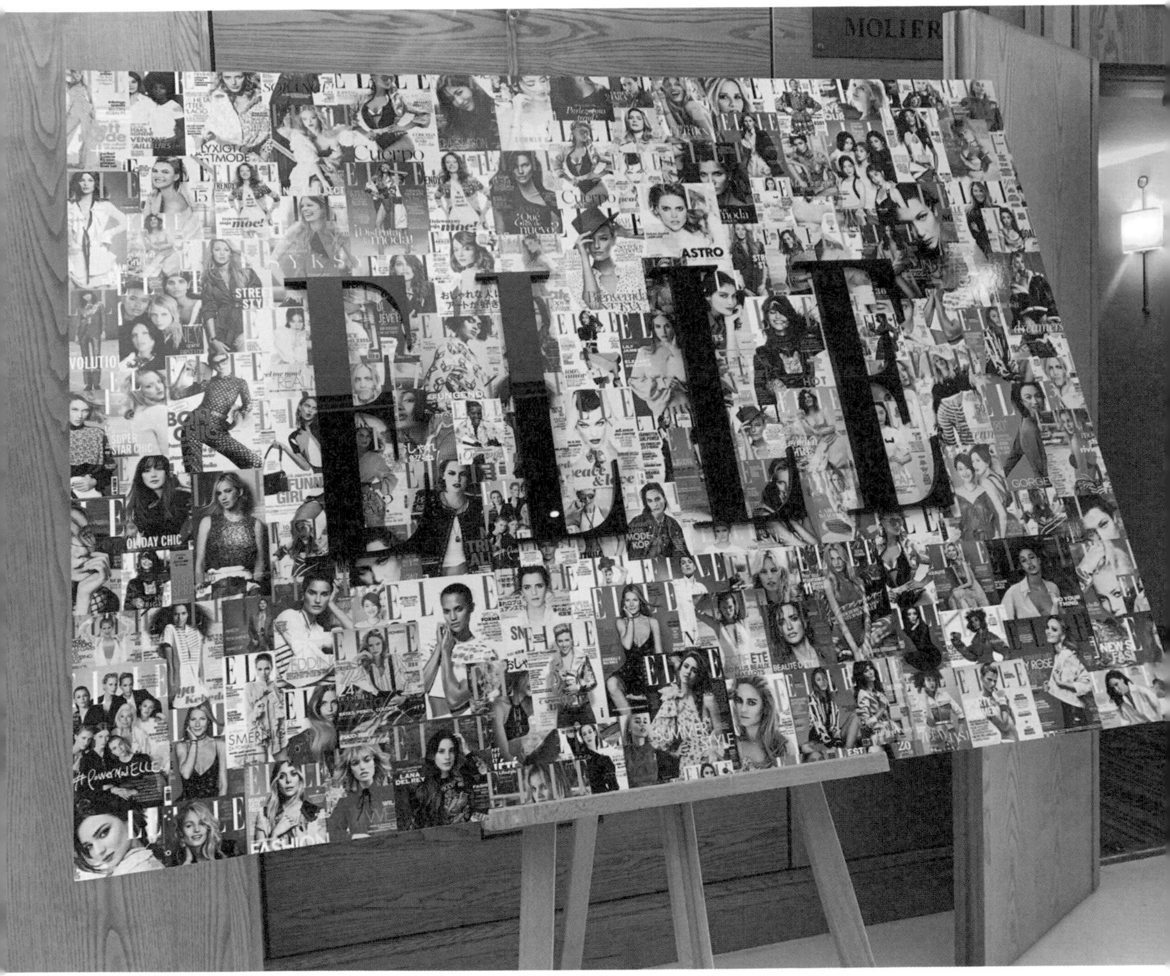
MOLIER
ELLE

國家圖書館出版品預行編目資料

時髦的幸福——《ELLE》乖總編的取暖相談室／盧淑芬著
——初版——臺中市：好讀，2020.03
面；　公分——（心天地；11）
ISBN 978-986-178-515-8（平裝）

863.55　　109001376

好讀出版

心天地 11

時髦的幸福——《ELLE》乖總編的取暖相談室

填寫線上讀者回函
請掃描 QRCODE

作　　者／盧淑芬
總 編 輯／鄧茵茵
文字編輯／簡綺淇
行銷企劃／劉恩綺
美術編輯／鄭年亨

發行所／好讀出版有限公司
407 台中市西屯區工業區 30 路 1 號
407 台中市西屯區大有街 13 號（編輯部）
TEL:04-23157795　FAX:04-23144188　http://howdo.morningstar.com.tw
（如對本書編輯或內容有意見，請來電或上網告訴我們）
法律顧問／陳思成律師

總經銷／知己圖書股份有限公司
106 台北市大安區辛亥路一段 30 號 9 樓
TEL：02-23672044　02-23672047　FAX：02-23635741
407 台中市西屯區工業 30 路 1 號
TEL：04-23595819 FAX：04-23595493

電子信箱／ service@morningstar.com.tw
網路書店／ http://www.morningstar.com.tw
讀者專線／ 04-23595819 # 230
郵政劃撥／ 15060393（戶名：知己圖書股份有限公司）

印刷／上好印刷股份有限公司
初版／西元 2020 年 3 月 15 日
定價／ 399 元
如有破損或裝訂錯誤，請寄回 407 台中市西屯區工業區 30 路 1 號更換（好讀倉儲部收）

Published by How Do Publishing Co., LTD.
2020 Printed in Taiwan

ISBN 978-986-178-515-8